Djaimilia Pereira de Almeida
Seebeben

Djaimilia Pereira de Almeida

Seebeben

Roman

Aus dem Portugiesischen
von Barbara Mesquita

Unionsverlag

Die Übersetzung wurde gefördert durch DGLAB/Cultura
und das Instituto Camões, IP – Portugal

Im Internet
Aktuelle Informationen, Dokumente und Materialien
zu Djaimilia Pereira de Almeida und diesem Buch
www.unionsverlag.com

© by Djaimilia Pereira de Almeida 2021
Diese Ausgabe erscheint in Vereinbarung mit der Literarischen Agentur
Mertin Inh. Nicole Witt e. K., Frankfurt am Main
Originaltitel: Maremoto
© by Unionsverlag 2023
Neptunstrasse 20, CH-8032 Zürich
Telefon +41 44 283 20 00
mail@unionsverlag.ch
Alle Rechte vorbehalten
Umschlagmotiv: Pflanzen – Illustration aus *Les liliacées* (1805) von Pierre-Joseph Redouté, New York Public Library; hinteres Haus – Unsplash;
übrige Motive – Alamy Stock Foto
Umschlaggestaltung und Satz: Sven Schrape
Druck und Bindung: Pustet, Regensburg
ISBN 978-3-293-00595-2

Der Unionsverlag wird vom Bundesamt für Kultur mit einem
Verlagsförderungs-Strukturbeitrag für die Jahre 2021–2024 unterstützt.

Auch als E-Book erhältlich

Im Andenken an meinen Vater

Vielleicht hat jemand das Mädchen bemerkt, das an der Haltestelle der Straßenbahnlinie 28 in der Rua do Loreto lebte. Sie redete wirres Zeug. Er, der Kombattant, war Parkplatzeinweiser, ein paar Straßen weiter unten, in der António Maria Cardoso. Ob sie sich begegnet sind oder nicht, ob sie sich unterhalten haben oder nicht, sie waren Zeitgenossen, wie zwei Bäume, zwei streunende Hunde, zwei Schauspieler Zeitgenossen sind. Er lief immer in kurzen Ärmeln herum, ihm war nie kalt. Sie trug einen langen Rock und schwarze, zerschlissene Pullover. Deckte sich mit Pappkartons zu. Schlief im Regen. Wer weiß, ob die beiden merkten, dass wir die Straßenseite wechselten, um ihnen aus dem Weg zu gehen, die Straßenseite, auf der unser Tod wandelte und nicht der ihre.

Heiße Maroni am Eingang zur Metro. Sie erinnern mich daran, was ich seit meiner Kindheit mit der Zeit verloren habe. Der Rauch steigt in die Luft und verfliegt. Der Duft breitet sich in der Straße aus und weht bis zur António Maria Cardoso, wo ich meinen Dienst versehe. Ich werde mit leeren Händen alt. Das Leben, Aurora, mitunter ist es eine Spazierfahrt in einem Boot ohne Ruder. Manchmal vergeht eine lange Weile ohne ein einziges Auto, das mir eine Münze einbringt. Der Kopf fängt an davonzufliegen und ist nur schwer wieder einzufangen. Ich bin da, vielleicht sieht man mich dort stehen, die Straße auf und ab gehen, aber der Kopf von Boa Morte ist unterwegs zum Cais das Colunas, überquert den Tejo nach Barreiro, tanzt, Seixal, Sacavém, der Kopf von Boa Morte wandert hinunter zur Algarve und wieder zurück. Wer hätte gedacht, dass ich einmal so enden würde, als einer, der diese Straße der Lebenden und der Toten auf und ab läuft, der von der Barmherzigkeit der anderen lebt und bewacht, was gar nicht in Gefahr ist? Mitunter, stets gegen sieben Uhr abends, taucht ein junges Liebespaar auf. Sie gehen im Theater einen Kaffee trinken, ich kenne sie schon, sie geben mir jedes Mal einen Euro. Die Gewohnheiten aller, die hier verkehren, sind mir vertraut.

Nach einer gewissen Zeit ist die Straße ein Zuhause oder das Büro der Revison, mit festen Zeiten und den immergleichen Gesichtern. Man könnte erwarten, dass jeder Tag etwas Neues bringen würde. Aber die António Maria Cardoso ist wie eine vom Uhrmacher aufgezogene Uhr. Wir sind Gewohnheitstiere, und die Stadt ist aus unserer fixen Idee gemacht, stets das Gleiche zur gleichen Zeit zu tun. Ich gehe die Straße hinauf, ich gehe die Straße hinunter, ich komme mit meinen Studien voran.

Ich bleibe in der Rua António Maria Cardoso nahe der Unterstadt. Boa Morte tritt seinen Dienst frühmorgens an, bricht in Prior Velho auf, wenn es noch Nacht ist. Mit dem Wind um die Nase ist Lissabon am Morgen richtig schön. Gestern habe ich bis zu so später Stunde geschrieben, dass mir heute die Finger wehtun. Nachträge zu dem Plan für den Gemüsegarten, den wir hinter dem Haus von Dona Idalina, unserer Vermieterin, anzulegen gedenken, aber eins nach dem anderen. Beim Parkplatz angekommen, ziehe ich meine Weste an. Das dort ist die Straße, sie gehört niemandem, aber ich trage stets die Weste, um mich, ich weiß nicht, wie ein Angestellter zu fühlen.

Dein Vater bricht gegen fünf zur Arbeit auf, um Viertel nach fünf bin ich auf dem Weg. Die Weste ist eine von diesen grauen Westen, die ich beim Paga Pouco aufgetrieben habe. Wenn es für den Bus reicht, schaue ich während der Fahrt aus dem Fenster, schlafe ein wenig, wenn nicht, gehe ich zu Fuß, aber im Herzen sage ich mir stets »Los, Boa Morte, Zeit, zur Arbeit zu gehen«. Das erinnert mich sogleich an die alten Zeiten, Speditionsangestellter Boa Morte da Silva, mit Firmenschild und Büro, schönem Schreibtisch, Walnussfurnier, das werde ich nicht vergessen, handgefertigt in der Stadt Guimarães, die Herren von der Revison haben deinen Vater geachtet, Kind, das kannst du mir glauben, ich habe sogar die Vertreter der Geschäftsleitung ganz bis nach Silva Porto, heute Cuíto, begleitet, wir sind dorthin gefahren, um die Kakaolieferungen in Empfang zu nehmen, die weiter nach Pretoria gehen sollten, dein Vater war verantwortlich für die Bestandsaufnahme und den Versand der Waren. Meine Hefte, mein Arbeitstisch, meine Hemden, Stifte, Füllfederhalter, mein Kind, eine hübsche kleine Uhr, die mir mein Chef, der unvergessene Doktor Octávio Semedo, geschenkt hat. Behandelt wie ein Mensch. Dann träume ich vor mich hin und führe laute Selbstgespräche. Wir machen unsere Bemerkungen über Frauen, ich und mein Selbst, das ja noch ein junger Knopf ist. Der Bahnhof ist immer eine Überraschung, jede Woche gibt es dort etwas Neues, stets ist irgendetwas anders, hat ein Café aufgemacht, ein Geschäft geschlossen, ist der Wachmann ein anderer junger Mann. Die Münzen vom Vorabend reichen nur für die Hinfahrt, für die Rückfahrt muss ich das Tagesende abwarten. Am Chiado, so heißt der Ort, bleibe ich vor dem Theater stehen, einem schönen großen Gebäude, dem Teatro São Luiz.

Nebenan befindet sich das Café A Brasileira, vor dem sich eine Statue des Dichters Fernando Pessoa befindet. Oh salzige Flut, wie viel von deinem Salz sind Tränen Portugals. Morgens muss ich zu der Baustelle am Ende der Straße gehen und die Poller holen, die Jacaré mir besorgt hat, um die Parkplätze für die Geschäftsinhaber der Gegend zu markieren. Das ehemalige Gebäude der Geheimpolizei Pide wird gerade zu einer geschlossenen Wohnanlage umgebaut. Wenn ein Wagen wegfährt, markiere ich den Platz mit zwei Pollern, so müssen die Herren nicht suchen. Sie kommen gegen acht, halb neun, manchmal gehe ich für einen von ihnen in die Wäscherei, die Hemden abholen, er gibt mir zwei Euro, ein andermal bringe ich ein Kind in die Schule, noch ein Euro oder irgendetwas anderes, und wenn auch nur ein Butterbrötchen und ein Espresso. Manchmal stelle ich mich in der Brasileira an den Tresen, dein Vater läuft nämlich nicht schmutzig herum, mein Kind. Hab niemals, niemals, niemals Mitleid mit deinem Vater.

Gerne würde ich deine Stimme hören, Aurora, deinen Worten lauschen und in deine Augen sehen, neben dir lebendig sein, atmen wie du. Ich werde Abdul von Tia Nina teuer dafür bezahlen, dass er einen Stapel Papiere und Informationen mitnimmt, um in Bissau nach dir zu suchen. Ein kleines Armband für dich ist auch dabei, ich weiß nicht einmal deine Größe, ich habe sie mithilfe der jungen Frau im Laden überschlagen. Der Alltag lässt keine großen Sprünge zu. Ich denke an dich in Bissau, wo so viel Missachtung und Gewalt herrschen, da kann eine alte Seele keine Ruhe finden. Hast du das Gymnasium abgeschlossen, Kind? Vielleicht bin ich sogar schon Großvater und weiß es nicht, bin Vater einer verheirateten Tochter und weiß es nicht. Ich habe einen Platz im Fegefeuer erwischt, Abteilung Parkplatz in der Stadt.

Mädchen, was ein Mann den ganzen Tag auf der Straße nicht alles zu sehen bekommt! Kleine Kinder mit Mutter und Vater, große Motorräder, traurige Männer, Männer mit fröhlichem Gesicht. Frauen, also gut, Damen, schick gekleidet, wie ich sie nur zu meiner Zeit in Pretoria gesehen habe. Anfangs hat es mich gestört, den ganzen Tag zu stehen.

Ich habe furchtbare Rückenschmerzen bekommen, den Kopf zu voll gehabt vom Anblick der vielen Leute. Man gewöhnt sich an alles, und immerhin reicht es für das Abendessen und ein Zimmer in Dona Idalinas Viertel. Dona Idalina? Ein Engel, diese Frau. Ich gehe immer in das Haus meiner Vermieterin, um das Telefon zu benutzen. Neulich, habe ich es schon erzählt?, habe ich mir in den Finger geschnitten, als ich Vando dabei geholfen habe, die Satellitenantenne in der Kneipe des Viertels anzubringen, Dona Idalina hat mir einen Verband angelegt und mir auch ein Medikament gegen die Kopfschmerzen besorgt, der Arzt vom Gesundheitszentrum kommt manchmal nicht, keine Ahnung, warum nicht, entweder, weil er nicht kann, oder weil er es nicht schafft. Aber die eigentliche Neuigkeit ist meine Idee, hinter Dona Idalinas Haus einen Gemüsegarten anzulegen. Sie überlässt mir das Grundstück, es hat einen Brunnen. Ich könnte Avocados pflanzen, Tomaten, Rüben, Spinat, Kartoffeln, vielleicht sogar Zuckerrohr. Das würde reichen, um die Kinder im Viertel satt zu bekommen und womöglich sogar noch etwas zu verkaufen, in der Innenstadt am Rossio oder am Largo de São Domingos. Mit dem Geld wäre ich dann nicht mehr nur auf den Parkplatz angewiesen.

Ich kann mich an den Chiado noch aus den Zeiten des Wiederaufbaus erinnern, nach dem Brand. Alles hat sich verändert. Morgens komme ich an, wenn die Bäcker nach Hause gehen, abends geht es hier schlimm zu. Die Fixer, sie rennen nachts von einer Ecke zur anderen, ich mit meinem Geld vom Parkplatz beschleunige meinen Schritt und bin immer auf der Hut. Es ist, als könnte ich sie riechen. Kind, dein alter Vater hinkt bereits. Die Zeit walzt uns nieder, das wirst du noch lernen, wenn es bei dir so weit ist.

Im vergangenen Frühling habe ich Jardel kennengelernt. Es nieselte, als ich aus dem Bus stieg und diesen Hund neben mir sah. Klein, voller Flöhe, trottete er hinter mir her, vom Campo Grande bis zum Chiado.

An dem Tag konnte ich nicht mit der Metro fahren, ich hatte kein Geld. Seit dieser ersten Begegnung begleitet mich der kleine Jardel überallhin, nachts schläft er am Chiado, wenn ich morgens eintreffe, erwartet er mich schon, als würde ich gerade nach Hause kommen. Er kann zwar nicht sprechen, aber sobald er mich erblickt, leckt er mir die Beine und wedelt überglücklich mit dem Schwanz.

Anfangs hat mich das ganz durcheinandergebracht, dieser Hund, verdammt, keine Ahnung, ob das Tier jemandem gehört, nachher heißt es noch, ich hätte ihn gestohlen, aber wenn ich ihn jetzt sehe, überkommt mich die Freude, und die Straße wird ein bisschen heiterer.

Jetzt ist hier August, die Stadt schläft. Der Ferienmonat ist hart, in der António Maria Cardoso kommen keine Autos vorbei, niemand kommt vorbei. Ich gehe zur Rua do Loreto, dort kenne ich ein Mädchen, das an der Straßenbahnhaltestelle lebt, sie ist aus São Tomé und Príncipe, aber geboren in Portugal, sie tut mir leid.

Sie sitzt den ganzen Tag an der Haltestelle der 28, wann immer sie mich sieht, wechseln wir ein paar Worte, wenn ich mit Jardel komme, freut sie sich, sie heißt Fatinha und hat mir gesagt, sie sei zwanzig Jahre alt.

Die Kleine duscht nicht, sie hat schwer Diabetes, und ich gebe ihr Ratschläge. Das Mädchen muss ins Krankenhaus. Sie redet wirres Zeug, und so sitzen wir zwei da im August, »damit die Sonne uns bräunt«, so ihre Worte, sie nennt mich »mein Prinz«, vielleicht aus Sehnsucht nach ihrer Heimat. Ich habe sie auch schon dabei ertappt, wie sie Marihuana geraucht hat, aber wenn es gerade passt, wenn der Anblick Jardels sie beflügelt, unterhalten wir uns angeregt, auf ihre Art und Weise, sie stellt mir schwierige Fragen. »Haben Sie schon mal jemanden umgebracht, Senhor Boa Morte? Sind Sie ein Mörder, Senhor Boa Morte? Wenn ja, behalten Sie es für sich, es macht mir nichts aus.« Ihr Gesichtsausdruck verändert sich, sie wird ernst, ich wünschte, du könntest das sehen, wir sitzen an der Haltestelle, überall Müll, Pappkartons, Kleiderbündel. »Hallo, mein Prinz, willkommen in meinem Palast.« Sie behauptet, die Straßenbahnhaltestelle sei ihr Palast, und es kann vorkommen, dass wir den ganzen Nachmittag und den ganzen Abend dort sitzen und uns unterhalten, derweil der kleine Jardel seelenruhig schläft und niemand uns eines Blickes würdigt oder in unsere Nähe kommt.

Vor zwei Monaten gab es einen guten Tag. Ich habe fünfunddreißig Euro eingenommen. Also wollte ich Fatinha zum Abendessen in ein Restaurant einladen, aber man hat uns nicht hineingelassen, sie war nicht dafür angezogen, und es war schwierig, sie von dort wieder wegzubekommen, weil sie sich vor der Tür auf den Boden zu setzen und den Gästen den Eingang zu versperren gedachte. Sie wollten schon die Polizei rufen, Kind, mich hat die Angst gepackt, meine Papiere sind abgelaufen, ich muss mir eine neue Aufenthaltsgenehmigung besorgen. Ich habe Fatinha von dort weggezerrt, bin in den Supermarkt gegangen, habe zwei Baguettebrötchen, Käse und Kochschinken gekauft und Fatinha zu unserem Festessen auf die Aussichtsterrasse mitgenommen.

An dem Tag war Jardel gar nicht mehr wiederzuerkennen, das Tier hat mit uns zusammen Schinken und Brot gegessen. Wir haben uns auf die Aussichtsterrasse von Santa Catarina gesetzt, den Schiffen zugeschaut und unser Picknick vertilgt. Fatinha hat mich gefragt: »Du läufst allein hier herum, mein Prinz, hast du keine Familie in deiner Heimat, vermisst du sie nicht?« Kind, ich war ganz gerührt, ich hatte Fatinha in einem ihrer seltenen lichten Momente erwischt und blickte auf die Schiffe. Ich weiß nicht einmal, wo ihr alle steckt, meine verstorbenen Geschwister, all die Geister meiner Vorfahren, du, meine Tochter, die ich praktisch seit deiner Geburt nicht mehr gesehen habe, seit du geboren wurdest, deinem Vater wie aus dem Gesicht geschnitten warst du bei der Geburt, deine Mutter, auch wo sie ist, weiß ich nicht, ich bin ein Mann ohne Gepäck, mein Kind, ein Seemann ohne Schiff. Meine Heimat sind die Verrückten hier vom Chiado, niemand auf der Straße sieht uns, wir können zerlumpt herumlaufen, niemand schaut uns an, aber wir sehen einander, wir leben hier, in der Durchsichtigkeit, tauschen Worte, tauschen Brot, tauschen Wein, Geister des Jenseits, die durch Lissabon wandern, weiter unten wohnt Ti Zeca, gebürtig aus Santiago, aber der ist problematisch, ständig betrunken, und es gibt auch etliche Portugiesen, manche treffe ich um die Mittagszeit, wenn ich essen gehe. Brunão, der Junge tut mir leid, er hat die Schule abgebrochen, war drogenabhängig, jetzt ist er Parkplatzeinweiser, Cinha und Pedro, Fatinha hat erzählt, es gebe da einen Jungen aus dem Senegal, seinen Namen hat sie mir nie genannt, der sich nur mit seinem Tetrapack Wein unterhält, es sind viele: Joca, ein Junge aus Santarém, Cátia, ein immer noch sehr hübsches Mädchen, aber klapperdürr, wir sind fast ein ganzes Heer, aber niemand hier in der Gegend sieht uns, der Chiado gehört auch uns, mein Kind, wir sind die Wächter der Straßen, schon früher in den Burgen gab es Wächter, die Chefs vom Parkplatz geben mir jeden Tag, den Gott werden lässt, eine Münze, ohne mich auch nur nach meinem Namen zu fragen, sie blicken nicht einmal auf meine Hand, sie zahlen in die Hand eines Geistes, der sie vor dem Tod bewahren soll, sie zahlen, damit ich keinen Ärger mache. Fast hätte ich jetzt geschrieben, dass wir hier lebendig begraben sind, Kind, meine Freunde vom Chiado und ich. Da ist auch noch Pilantra, ich nenne ihn Meister, denn er ist ein Herr mit Ingenieursausbildung, den seine Frau auf die Straße gesetzt hat. Er nennt mich

Doktor Boa Morte. Es gibt auch viele Kriminelle und Drogenabhängige. Sie haben uns begraben, aber wir sind nicht zu unserer Beerdigung gegangen. Sie haben einen leeren Sarg beigesetzt und ihn unter einem Stein mit unserem Namen in die Erde gelassen. Nun sind wir Geister, die die Straßen bewohnen, wir laufen auf Beinen und Füßen, wir sprechen und atmen, aber die Leute, die an uns vorübergehen, sehen uns nicht.

Es war kein Luxusabendessen, aber Fatinha zuzuhören, etwas über sie zu erfahren, hat mir in der Seele gutgetan. Um uns herum scharenweise junge Leute, die Gitarre spielten und die Aussicht genossen. Eltern mit ihren Kindern. Viele Liebespaare. Eine Gruppe aus der Jonglierabteilung, wie Fatinha sie nennt, die zirkusreife Jonglierkünste vollführten. Um diese Uhrzeit ist es auf der Aussichtsterrasse schöner als in jedem Restaurant, ein wahrhaftiges Musikcafé. Es macht mir nichts, dass alles Fantasie ist, was Fatinha erzählt. Ich hörte ihr zu und spürte sie mir nahe, vernahm ihre Stimme, derweil sich der Abend auf den Tejo niedersenkte, ließ mich von ihren Träumen forttragen, neuerlich ein kleiner Junge, ein Kandengue, der den Geschichten seiner Großmutter lauscht, sie führt mich zu meinem ersten Jackett, zu meinem nun alten Körper, als er noch keinen Nabelbruch hatte und keine Wunden in der Seele. »Ich kann mich nicht mehr richtig erinnern, was danach kam. Von Marianas Gesicht habe ich nur noch die Narbe im Gedächtnis. Ich sammle Stück für Stück, hier etwas, da etwas, um mein Haus zu bauen. An dem Tag ging jeder seiner Wege. Ich suche auf der Straße nach meinem Zimmer, nach Ziegelsteinen, nach dem Kopfteil meines Bettes. Alles ist verstreut. Ich habe die Hoffnung, das Kopfteil von meinem Bett und meinen Kalender aus dem Jahr 1997 zu finden. Womöglich ist alles in jener Stadt auf dem Grund des Tejos.«

Wir haben den Sonnenuntergang gesehen, Fatinha, der Hund und ich, haben die Autos über die Brücke kriechen und das Licht verlöschen sehen, irgendwann ist Fatinha eingeschlafen, und ich, mein Kind, bin dort sitzen geblieben, habe die Aussicht und das Kommen und Gehen der Menschen beobachtet und überlegt, was wäre, wenn ich heute auf der Straße sterben würde, Kind, habe an den Nabelbruch gedacht, der nicht weichen will, an die Pläne für den Gemüsegarten, die allesamt auf Eis gelegt worden sind, weil es in dem Viertel eine Überschwemmung gab, würde ich heute sterben, niemand würde mich vermissen, ein Seemann ohne Schiff, ein Mann ohne Bestimmung, vielleicht, mein Kind, habe ich nicht einmal das Recht auf eine Beerdigung, ich habe mich schon kundig gemacht, es gibt hier diese Leichen, auf die niemand Anspruch erhebt, der portugiesische Staat kümmert sich um die Beerdigung und alle Vorbereitungen, und dann segnen die Nonnen unseren Leichnam, aber es schmerzt mich, mein Kind. Mag sein, dass ich zerlumpt bin, aber ein Mann hat Gefühle und hat seinen Stolz, ich bin von so weit hergekommen, aus Bissau und zuvor noch aus der Provinz Cunene, bin geboren in Evale, einer Maniokgegend, meine Abenteuer von frühester Kindheit an, all das im Busch bis zu dem Tag, an dem der unvergessene Senhor Ramon mich deiner Mutter vorgestellt hat, das war bereits in Bissau, wenn ich kann, werde ich dir eines Tages die Geschichte unserer Liebe erzählen, mein Kind, ein Mann ist ja nicht aus Eisen, hier habe ich noch andere Verhältnisse gehabt, aber nicht mit Fatinha, nein, dieses Mädchen ist meine Tochter der Straße. Liebschaften habe ich nur weit weg vom Chiado. Weißt du, wo ich jetzt bin, mein Kind, genau in diesem Augenblick? Ich sitze in der Ruine des Carmo-Klosters, hier wird gerade gebaut, ich bin zum Mittagessen hergekommen, Käsebrötchen und Bier, und mache mir meine Notizen, ich habe inzwischen Papier und Stift immer bei mir in dem Rucksack, den ich mir auf dem Markt besorgt habe, ich habe ihn nur für die Papiere gekauft, weil man Unterlagen und Wertsachen nicht im Viertel lassen kann, ich kenne noch nicht einmal deine Adresse, um dir meine Aufzeichnungen zu schicken. Dona Idalina sagt: »Nichts als lauter Geschichten, dieser Senhor Boa Morte. An ihm ist ein Dichter verloren gegangen.« Abdul behauptet, dass er dich ausfindig machen wird, wer weiß, vielleicht wirst du erst im Jenseits die Prosa deines Vaters lesen können, die ich schreibe, um mir die Zeit zu vertreiben und die Grammatik nicht zu vergessen.

Wären da nicht der kleine Jardel und der Unfug, den er ständig treibt, das Leben am Chiado im August, mein Kind, würde deinen Vater noch mehr in seiner alten Seele schmerzen. Heute mache ich früher mit der Arbeit Schluss und gehe in mein Zimmer, um ein wenig zu schlafen, denn mein Kopf ist voll und der Bruch schmerzt, er ist ein wenig angeschwollen. Jardel kommt in den Rucksack, damit sie mich in die Metro lassen, der Schlingel scheint bereits gelernt zu haben, was die Geschäftsleitung für Ausgaben hat. Ich wollte, du könntest es sehen, er springt in den Rucksack und stellt sich tot und wacht erst wieder auf, wenn wir in Prior Velho ankommen. Wir schlafen zusammen, anfangs hat er hier am Chiado auf mich gewartet, aber seit einiger Zeit nehme ich ihn immer mit. So ist der Mensch, nicht wahr, mein Kind? Man gewinnt die Dinge lieb, und dann fällt es einem schwer, sich vorzustellen, dass irgendjemand sie zerstören wird. Es ist ein Zeichen, dass man sich kümmert, wenn man zusammen schläft, wenn man den in den Schlaf wiegt, um den man sich sorgt, ausgerechnet ich, ein alter schwarzer Mann, der ich meine leibliche Tochter nie in den Schlaf gewiegt habe.

Sag, Mädchen, wozu brauchst du diesen Karton?«, fragte Boa Morte mit der beharrlichen Geduld eines Großvaters. »Lassen Sie mich in Ruhe, das ist alles, was ich Ihnen dazu sagen kann«, erklärte Fatinha hochnäsig. Am Cais do Sodré brach bereits der Abend herein, und was als kurzer Spaziergang begonnen hatte, wurde für Boa Morte zum Verdruss.

Fatinha lebte auf der Straße, und ihr Freund wusste, welchen Schätzen sie nachjagte. Ohne Ziel brachen sie auf, liefen die Rua do Alecrim hinunter und mit dem Haus auf dem Rücken zurück zur Calçada do Combro. Für Fatinha war es ein Ballett. Sie strahlte bei den kleinsten Abfällen, die sie am Boden entdeckte, stieß auf verlorene Ohrringe wie auf ein Lächeln. Sie bestand darauf, dass sie, wenn sie noch ein wenig weitergingen, den Wasserhahn, den Holzlöffel und die Ananas finden würde, die sie suchte. Während der alte Mann, je kühler es wurde, vor Kälte zitterte, lief Fatinha barfuß, die Plastiktüte im Wind, mit dem Rinnstein liebäugelnd, von Straßenrand zu Straßenrand hüpfend, hielt mitten auf dem Zebrastreifen inne, um eine zertretene Zigarettenschachtel aufzuheben, und warf den Mädchen, den Jungen und ihren Schatten Kusshände zu. »Mein Traum war es, zum Militär zu gehen, habe ich dir das je erzählt, mein Prinz?«

Boa Morte ging schneller, um mit ihr Schritt zu halten, der Nabel tat ihm bereits weh. Sie tanzte, er taumelte zwei Schritte hinter ihr her, die Kartons und Tüten voller Plunder fielen zu Boden. Sie setzten sich auf eine Bank.

Er war völlig erschöpft. Er schaute hinüber zum anderen Ufer, schaute sie an. Legte ihr das Schultertuch um den Hals. Die Nacht brach herein. »Wie spät ist es, mein Liebster? Mittag? Ich habe weder Papiere noch Tauben, mein Prinz. Ich bin zwanzig Jahre alt. Im Jahr 1997 war ich auch zwanzig Jahre alt. Und 1998. In diesem Jahr bin ich im Februar und im Juli zwanzig geworden. Ich glaube, ich hatte eine Tochter. Ja, ich hatte eine Tochter und ein Fahrrad und einen Balkon. Sie kommen, um mein Haus abzureißen, Senhor Boa Morte. Wo soll ich dann meine Mariana ins Bett bringen? Das Mädchen kann noch nicht einmal mit einem anderen Kopfkissen schlafen. Eines Tages ist die Brücke von Entre-os-Rios eingestürzt. Das war für mich ein sehr trauriger Tag. Eine große Tragödie. Der Tejo spricht mit mir. Ich weiß, was er wollte. Aber ich bin clever, ich stürze mich nicht kopfüber irgendwo hinein. Es gibt Flüsse in jeder Stadt und Städte in jedem Fluss. Auch hier, dort unten in der Tiefe leben Tote und Lebende ihr Leben, nur dass es dort unten in der Tiefe nicht regnet. Dort werde ich mein Scheckbuch finden, Senhor Boa Morte, vielleicht wohnt meine Tochter auch auf dem Grund des Tejo. Können Sie schwimmen, Senhor Boa Morte? Wie spät ist es? Was ist, Prinz, redest du nicht mit mir? Hallo, mein Prinz! Wie spät ist es?«

»Zehn Uhr abends.« Sie hatten sich weit von der Haltestelle der 28 entfernt. Fatinhas Sentenzen hatten Boa Morte fertiggemacht. »Zeit, nach Hause zu gehen, Mädchen.«

Aber als er zu ihr schaute, hatte sie sich bereits auf die Kartons gelegt. Sie schlief, ohne zu wissen, wer er war, ohne zu wissen, wer sie war, ohne zu wissen, wo sie sich befanden. Boa Morte nahm ihre Hand und merkte, dass sie kalt war. Er drückte sie fester. Streichelte Fatinha übers Gesicht. Sie waren ein Mann und eine Frau, aber neben ihr in ihrem zerrissenen Rock, mit dem Tuch, das ihren Bauch und ihre Brüste kaum verhüllte, den eng am Körper anliegenden Armen, den Beinen, dem Rumpf, war er ein Mann, der den Schlaf eines Baumes bewachte, den gerade jemand umgestoßen hatte.

Boa Morte tat kein Auge zu. Der Nabelbruch schmerzte ihn, und er hatte Hunger. Fatinha roch schlecht, aber das störte ihn nicht. In der Nacht unter freiem Himmel schlafend, war kein Regen auf sie gefallen. So verging die Nacht, mit dem Anblick von Barreiro am anderen Ufer und dem ihres schlafenden Gesichts, ihrem Gesicht vor dem Nebel, dem Gesicht eines Mädchens, dachte Boa Morte und hatte Mitleid. Hilflos wachte er über die Freundin wie jene, die den Schlaf der Wahnsinnigen hüten.

Boa Morte da Silva, geboren 1938 in der Provinz Cunene, Südangola, Sohn von Maria da Silva und unbekanntem Vater. Mütterlicherseits Enkel von Schafhirten, Angehöriger des Stammes der Cuanhama. Abschluss des allgemeinbildenden Gymnasiums im Jahr 1955. Von 1956 bis 1960 Verwaltungsangestellter mit Diplom bei der Central Revison & Filhos, unter der Geschäftsleitung von Doktor Octávio Semedo. Im Jahr 1961 Grenzübertritt nach Guinea-Bissau, um den Portugiesen im Überseekrieg zu dienen. Ankunft im Hafen von Lissabon, Portugal, im Jahr 1979 mit nichts als den Kleidern am Leib. Aufenthaltsgenehmigung Nr. 577984-C. Blutgruppe Null, Rhesusfaktor positiv. Weder Besitzer eines Autos noch eines Telefons. In Notfällen bitte die Nummer 29456242 wählen (Wohnanschrift bei Dona Idalina Sequeira). Über meinen Vater kann ich nichts weiter sagen, ich habe ihn nie kennengelernt. Meine Mutter hat über meinen Erzeuger stets Stillschweigen bewahrt. Ich schreibe dies auf, damit man, wenn jemand diese Papiere findet, wenigstens weiß, wer ich bin, mein Kind, man weiß ja nie, heute hat der Nabelbruch mich nicht aus dem Bett aufstehen lassen. Ohne Parkplatz gibt es kein Abendessen, dein Vater muss heute hungrig schlafen gehen und Jardel auch.

Der Nabelbruch, das Pochen im Leib, das ist schlimmer als damals, als Cátia mich wegen fünf Euro niedergestochen hat. Ich habe es ihr heimgezahlt, Aurora, man soll zwar keine Frau schlagen, aber sie ist wie eine tollwütige Hündin auf mich losgegangen, wegen fünf Euro, sie hat mich gebissen, ihr Lebensgefährte, nicht der jetzige, sondern der, den sie davor hatte, der an Aids gestorben zu sein scheint, hat mich an den Armen gepackt, ich weiß genau, dass er mich mit der Spritze in den Bruch stechen wollte, andauernd dieses »Was ist das für ein Wulst da an Ihrem Bauch, Senhor Boa Morte?«, zwei Straßenköter, anfangs nannte ich sie Romeo und Julia, aber sie wären imstande gewesen, mich auf der Baustelle, auf der sie schliefen, bei lebendigem Leib zum Abendessen zu verspeisen, zwei seelenlose Kannibalen. Eines Tages habe ich sie beim Paaren erwischt, sie waren wie zwei Tiere, die einander bestiegen, drogenabhängig, wie sie sind, würden sie alles tun, sogar ihre eigene Mutter töten. Seitdem ihr Lebensgefährte, ich habe seinen Namen vergessen, gestorben ist, ein aidskranker Mensch, seit diesem Tag ist sie ständig niedergeschlagen, die Arme zerstochen von den Nadeln, Schaum in den Mundwinkeln, Julia, die Ärmste, hat ihren Romeo verloren, ist nun Witwe und tut mir leid, aber ich darf in meiner Wachsamkeit nicht nachlassen, denn sie ist die Frau, die mich wegen fünf Euro niedergestochen hat, dein Vater wäre beinahe gestorben, trotz alledem kommen wir einigermaßen miteinander aus, dein Vater ist hier in der António Maria Cardoso der Papa von lauter fremden Kindern, Kindern, die von ihren Vätern vergessen wurden, so wie mein Vater mich vergessen hat.

Der Nabelbruch schwillt an, er müsste operiert oder drainiert werden, ich habe einen Dreimonatsbauch. Der Schmerz zieht vom Nacken bis in die Fußsohle, die linke Körperhälfte ist taub, es ist, als wäre ich vergiftet worden, mit dem linken Auge sehe ich nur verschwommen, und das rechte Ohr ist auch nicht mehr das, was es mal war.

Der Bruch wächst, es scheint, als hätte ich eine Stadt im Bauch, ich trage ein T-Shirt, aber ich schäme mich für den Wulst. Alle fragen: »Sind Sie krank, Senhor Boa Morte? Sie müssen zum Arzt.« Manchmal suche ich Zuflucht im Haus von Senhor Prestes in Rio de Mouro in der Nähe der Bahnlinie, stets finde ich dort Hilfe, hier am Chiado denken sie, ich wäre gestorben, Autos parken ein, Autos parken aus, vom alten Boa Morte keine Spur, aber niemand hat je versucht, mich ausfindig zu machen, auch an dem Tag, an dem mein Bruch mich dahinrafft, wird niemand bemerken, dass ich nicht mehr da bin, einen Tag oder zwei, eine Woche, und dann haben sie mich vergessen. Vielleicht der Mann von der Theaterkasse, ich weiß nicht, er ist noch jung. Vielleicht der Besitzer vom Zeitungskiosk, Tio Carlos, mein Kamerad, er hat ebenfalls in Guinea gedient, in einem anderen Geschwader, aber er salutiert immer, sonst niemand, vielleicht Fatinha, ich weiß nur nicht, was aus Jardel werden soll, er weicht in diesen Zeiten im Haus von Senhor Prestes nicht von meiner Seite.

Alle naselang rattert der Zug über die Gleise, und es ist, als würde jedes Mal, wenn er vorbeifährt, der Bruch wachsen, ich habe das Gefühl, innerlich zu platzen. Tagelang nicht zur Arbeit zu gehen, bei der Wohlfahrt zu essen, der Mensch fühlt sich wie ein Stück Dreck, wie weniger als ein Stück Dreck, mein Kind, ich fühle mich wie ein Nichts. Der Chiado, ein schöner Ort; wenn es mir gut geht, laufe ich zum Handschuhgeschäft, schaue mir in der Auslage die Damenhandschuhe an, die Kaffee- und Schokoladengeschäfte, die Wäscheläden, betrachte all die Geschenke, die ich dir gerne schicken würde: Croissants frisch aus dem Ofen, Frotteehandtücher, Pralinen. Manchmal liege ich drei Wochen lang vom Fieber glühend im Bett, Senhor Prestes verlangt dafür nichts von mir und nimmt mir auch meine Delirien nicht übel, er ist das, was wir einen halboffiziellen Arzt nennen, das heißt, er kümmert sich um Patienten, die nicht im Gesundheitssystem sind und die kein Geld für Medikamente haben, Senhor, nicht Doktor Prestes, er will nicht, dass man ihn Doktor nennt, für mich ist der Mann ein Heiliger.

In der Zeit, die ich dort verbringe, kann ich keine Aufzeichnungen machen, aber ich vermisse den Lärm

Lissabons, die Kleider und die dicken Autos, niemand passt auf einen Wagen auf wie dein Vater, mein Kind, Kompetenz und Freundlichkeit, ohne ungehörig zu sein, Diskretion, das ist, was man von Senhor Boa Morte erwarten darf für fünf Euro an einem ganzen Tag, Kind, ich bewache Autos sogar in der Nacht.

Mein Nabelbruch ist mein ganzes Leben, was ich deiner Mutter angetan habe, fühlt sich an, als hätte ich in meinem Inneren eine Hyäne, die ich schlucken musste. Ich habe deine Mutter angeschaut, ein blutiges Stück Fleisch. Jetzt bin ich nicht einmal mehr imstande, ihren Namen zu schreiben, ich bin nicht würdig, ihn zu sagen, dieses Tier in deinem Vater ist heute in einen Käfig gesperrt. Träume kommen und gehen, neulich habe ich geträumt, mein Bauch sei der Chiado, von der Rua Nova do Almada bis zur Rua do Loreto. Ich hatte alles verschluckt. Der Stadtteil setzte sich in mir fort, Menschen im Laufschritt, Damen, Herren, kleine Jungen, kleine Mädchen, Verliebte, die Rua do Alecrim, die Kirche São Roque, die Bettler vor der Italiener-Kirche, die in meinem Bauch um Almosen baten, der Largo de Camões, Motorräder, Buchläden, Restaurants, Autos, alles war hier drinnen, mein Bauch schwoll immer stärker an, die Menschen auf der Straße wurden ständig mehr, das Auf und Ab ihrer Schritte plagte mich im Bauch. Senhor Prestes behauptet, ich sei schreiend und mit Tränen in den Augen aufgewacht. Es war Nacht, ich habe sogar seine kleine Enkeltochter aufgeweckt, sein Sohn und seine Schwiegertochter leben ebenfalls dort, Leute, die deinem Vater sehr geholfen haben, ich bin schreiend aufgewacht, ohne zu wissen, wo ich war, ich hatte das Gefühl, schwanger zu sein, Aurora, schwanger mit der Stadt, in der dein Vater lebt, mit diesem Stadtteil, dem Chiado, ich, der ich nicht einmal genug fürs Abendessen verdiene, habe das Teatro São Luiz und das Teatro São Carlos verschluckt und alle Straßen, die hinauf und hinunter führen, ein dicker Bauch, schwanger mit dem Tod, ich heiße sogar Guter Tod, Boa Morte, ich weiß nicht, welche Geschichte sich hinter diesem Namen verbirgt. Senhor Prestes und seine Familie hatten Angst, dass es mit mir zu Ende gehen würde, aber dein Vater hat den Tod geschluckt, Aurora, für all die Schläge, die ich in diesem Leben ausgeteilt habe, für die vielen Landsleute, die ich ohne Gnade im Krieg getötet habe, Schwarze, die Schwarze töten, müssen bis in alle Ewigkeit bitter dafür leiden, mein Kind, abgesehen von dem, wofür sie sonst noch leiden. Dein Vater geht schwanger mit dem Tod, vollgefressen, deshalb sei nicht traurig, ich beklage mich nicht. Die Papiere sind mein Tabularium, mein Archiv der Existenzen, das Archiv des Senhor Boa Morte da Silva, ich glaube, so sagt man das, Sohn von unbekanntem Vater, stolzer Cuanhama, abgelaufener Bürger, ein Tabularium, das lesen soll, wer meinen Rucksack findet, oder du, wenn es Abdul gelingen sollte, dich ausfindig zu machen und du die Handschrift deines Vaters entziffern kannst. Ich habe solche Angst, meinen Rucksack irgendwo zu verlieren, in der Metro, an irgendeiner Straßenecke. Ich habe vergessen zu erzählen, dass in der Straße weiter unten vor dem Teatro São Carlos, dort, wo die Baustelle ist, ein neues Restaurant eröffnet wird, das Lokal hat eine neue Geschäftsführung, sie haben mich dafür bezahlt, dass ich nachts auf die Baustelle aufpasse, also ist dein Vater jetzt so etwas wie ein Wachmann, aber sie zahlen besser als die Herren vom Parkplatz.

Dona Idalina hat das Thema Gemüsegarten bei der Gemeindeverwaltung vorgebracht, und vor über zwei Monaten haben wir damit begonnen. Ich bin in letzter Zeit nicht zum Schreiben gekommen, weil ich mit der Arbeit dort zu sehr beschäftigt war, Aurora, ich hatte keine Ahnung, dass die Vorsehung mich für dieses göttliche Manna bestimmt hat. Zuerst haben nur Vando und ich mit dem Anlegen des Gartens begonnen, dann kam Branquinho dazu, ein junger Roma aus Sacavém. Jetzt ist auch noch das Ehepaar Pompeu mit dabei, alte Leute aus Santiago. Die Arbeit reicht für mehrere Familien. In mir ist nun eine andere Zeit angebrochen, Kind, die allmählich die schlechte Zeit, die mich manchmal innerlich zerfrisst, ersetzt. Zuerst haben wir das Land gepflügt. Um die Werkzeuge – Spaten, Hacke, Rechen, Handsäge – hat Vando sich gekümmert, er hat alles auf der Baustelle gestohlen und das Saatgut gekauft. Ich für meinen Teil habe die Besen – zwei – und eine Eisenschaufel organisiert. Außerdem habe ich Samen für schwarze Bohnen aufgetan, winzig kleine, schmackhafte Bohnen aus Kap Verde, und für roten Chili, die Senhor Pinhal mir gegeben hat, ein alter Mann, der im Stadtteil Sapadores ein afrikanisches Restaurant betreibt und mit dem ich seit der Kolonialzeit befreundet bin. Nun, den Rest kennt man ja schon. Mein Traum waren Avocados, einen Kern habe ich aufgehoben, und wenn ich jetzt Tomaten, Pfirsiche, Äpfel oder was auch immer esse, bewahre ich stets die Steine und Kerne zum Trocknen und Keimen auf.

Vando hat aus Leinwand und Holzpfählen ein Sonnensegel gebaut, wir haben alle mitgeholfen, es ist an der Rückseite des Daches von Dona Idalinas Haus befestigt worden, sodass wir direkt vor ihrem Fenster sind. Branquinho hat Eimer besorgt, ringsherum haben wir Maschendraht hochgezogen, mit Leinwand verkleidet, und jetzt haben wir sogar Schatten. Ich schaue jeden Tag nach der Arbeit auf dem Parkplatz dort vorbei, um zu sehen, was wächst und gedeiht. Der größte Segen ist das saubere Wasser aus dem Brunnen. Die Gemeindeverwaltung hat versichert, dass es trinkbar sei, daher habe ich mich bereits für eine schöne Dusche mit dem Gartenschlauch angemeldet, wenn es heiß wird. Der alte Pompeu hat Pläne für Kartoffelschnaps. Und als ob das alles nicht genug wäre, hat Dona Idalina uns sogar noch vier Hühner besorgt. Vando ist dafür verantwortlich, ihr ein Drittel der Eier beiseitezulegen, aber die restlichen teilen wir unter uns allen auf, neulich gab es Spiegeleier.

Vergangenen Sonntag hat die Erde zwar noch nichts Nennenswertes hervorgebracht, aber du hättest uns mal sehen sollen, wie wir, Vando, das Ehepaar Pompeu, zwei gebeugte alte Leute, Branquinho und dein alter Vater im Schatten des Sonnensegels spiegelnde Spiegeleier gegessen haben. Ich bin mir vorgekommen, als würde ich im Hotel Ritz ein kontinentales Frühstück verspeisen. Es wehte eine sanfte Brise, der Wind hat gleich einen ganz anderen Geruch, wenn er auf feuchte Erde trifft, und wir können uns, wann immer uns danach ist, Hände, Füße und Gesicht waschen, ohne befürchten zu müssen, zu viel Geld auszugeben. Der alte Pompeu hat sogar überlegt, mit einer alten Pumpe, die er von der Algarve mitgebracht hat, eine Dusche zu installieren und außerdem noch einen langen Tisch für alle zu bauen. Wir belassen es erst einmal dabei, auch die Kinder machen mit. Noch ist nicht von Verkaufen die Rede, weil wir noch nicht viel ernten, aber Vando bringt seine Gitarre und seine jungen Freunde von der Quinta do Mocho mit, und so machen wir es uns in Dona Idalinas Gemüsegarten gemütlich. Senhora Pompeu holt sich ihren alten Mann zum Tanzen, der Arme ist seiner verführerischen Frau kaum gewachsen. *Açucar! Mete Jindungo!* Vando, ein guter Mensch, das ist ja schon bekannt, Waise aus Cunene wie dein Vater, tanzt mit seiner angolanischen Freundin Kizomba und zu Rap-Musik und ich weiß nicht, was noch. Die Gitarre erklingt, und mein Jardel hopst wie ein Wirbelwind und fängt vor Freude an zu bellen. Er schaut mich an und sieht in mir seinen unschuldigen Großvater. Und für die anderen bin ich der Vater. Wir bleiben, bis es schon sehr spät und die Musik zu Ende ist, passen nur auf, dass wir Dona Idalina nicht stören.

Wenn ich vom Parkplatz komme, schaue ich kurz dort vorbei, setze mich und warte, dass die Erde Früchte trägt, mein Kind. Äußerlich können wir noch nichts erkennen, aber im Inneren vollbringt Gott sein Wunder in der Dunkelheit des Beetes.

Es kommt ein leichter kalter Nachtwind auf, aber mir ist gar nicht kalt. Hinter dem Garten befindet sich die Avisol-Fabrik, ein Fleischverarbeitungsunternehmen. Von dort weht der Gestank von toten Tieren, von altem Blut herüber. Aber wenn ich das Werk betrachte, das wir in so kurzer Zeit gemeinsam vollbracht haben, ist es, als blickte ich von einem Hügel auf die umliegenden Bergrücken, und wenn die Bohnen sprießen, werden wir rings um uns herum Schatten haben. Fürs Erste gibt es nach der Verteilung jede zweite Woche Spiegeleier. Und außerdem Rüben, die sehr bitter sind, deren Blätter aber eine gute Kisaka ergeben, wie ich sie neulich probieren konnte, nach einem Rezept von Vandos Freundin aus Luanda.

Ich habe sogar schon überlegt, Fatinha einzuladen, einen Abend mit uns zu verbringen. Diese jungen Leute tanzen zu sehen, nimmt mir mein schlechtes Gewissen und lässt mich meinen Nabelbruch vergessen, aber erst neulich hat er so stark geschmerzt, dass Dona Idalina mir eine Auflage mit warmem Wasser gemacht hat, die Sache ist kompliziert, aber daran wollen wir jetzt mal einen Moment lang nicht denken. Dir vom Parkplatz zu erzählen, ist mir heute nicht ein einziges Mal in den Sinn gekommen, ich verfolge die Möbellieferungen für das neue Restaurant. Sie haben dort richtige Innenarchitekten und Möbel aus Frankreich und aus dem Norden, wo die großen Fabriken sind. Kind, ich komme mir vor wie der Inhaber, die Gespräche perlen nur so dahin. Wenn ich jung wäre, würde ich nach Nordportugal gehen und versuchen, mich in Paços de Ferreira in der Möbelindustrie zu etablieren. Bis dahin gibt es nur abgelaufene Dokumente – die Sache ist noch nicht erledigt – und Spiegeleier.

»Ich bringe dich noch an den Strand, Fatinha«, habe ich zu meiner Freundin gesagt. Ich würde sie gerne im Wasser sehen, Aurora, ich glaube, Gott hat mich zu diesem Mädchen geführt, um ihren Durst zu stillen. Sie erinnert mich an Vando aus Prior Velho. Er macht immer Scherze darüber, aber ich weiß, dass er in mir einen Vater sieht. Und ich habe ihn schon bedrückt gesehen, habe den Jungen weinen sehen, ich war für ihn da, und er war für mich da, um meine Einsamkeit zu lindern.

Ich habe ihn dabei ertappt, wie er um die Mutter weinte, die er nicht hatte, die Adoptivfamilie hat nicht das Bedürfnis, ihn zu sehen. Wäre da nicht Vandos Leiden, vielleicht würde ich selbst keinen Sinn darin sehen, die Hand nach dir auszustrecken, Aurora, vielleicht würde ich keinen Sinn in diesen Papieren sehen. Es mag so scheinen, als würde ich in Eile irgendetwas hinschreiben, aber unser Gemüsegarten ist die zweite Chance, die Gott uns mit diesem Feld gegeben hat, die zweite Ernte für zwei Sünder. Es gibt die, die hinter Gittern bleiben, mein Kind, die sich sogar schämen, in den Spiegel zu schauen, und manchmal geht es mir genauso. Aber ich sehe mich in Vandos Augen und sehe seine Jugend. Ich stelle mir meinen Sohn in seiner Hilflosigkeit vor, ich sehe in seinen Sünden meine eigenen, wir haben einander. Fatinha an den Strand bringen. Öffentliche Verkehrsmittel können wir nicht benutzen, sie lassen Fatinha nicht einsteigen. Fatinha riecht schlecht, man muss den Menschen hinter dem Gestank sehen, sogar ich habe eine Weile gebraucht, um die Frau unter den Lumpen zu finden.

Nur ein einziger Wunsch hat mich diese Woche beseelt. Fatinha an den Strand zu bringen. Ihre Füße, wie sie durch den Sand laufen, ich habe mir vorgestellt, wie sie am Strand liegt. Aber als ich gestern in der Rua do Loreto vorbeischaute, war von Fatinhas Tüten, von Fatinha, keine Spur. Ab und an verschwindet sie und taucht erst lange Zeit später wieder auf.

Letzten Monat ist im Viertel eine Abwassergrube geborsten und hat einen Teil des Gemüsegartens überflutet. Die Kartoffeln haben es überstanden, aber für den Großteil der Rüben und der Tomaten gab es keine Rettung. Als ob das nicht reichte, hat Vando seine Lebensgefährtin Florinda so verprügelt, dass er auf der Polizeiwache gelandet ist, wo sie dann auch noch mehrere Gramm Marihuana bei ihm gefunden haben. Wir stehen ohne Tomaten, ohne Rüben und ohne Vando da, der der Kräftigste von uns ist. Wir können nur noch auf Dona Idalina zählen. Gott steh uns bei.

Ich habe jetzt ein Notizbuch, in dem ich Autos vergleiche und in das ich Gesichter kritzele, nur um mir die Zeit zu vertreiben. Vandos Verhaftung hat uns alle schwer getroffen. Er ist derjenige, der immer die Musik und die Freude gebracht hat. Die Jungs dürfen sich nicht auf Drogen einlassen, das sage ich ihnen, den Kandengues, hier immer. Wer, mein Kind, wird die Kraft der Jugend verdorren lassen? Das Leben.

Wind wirbelt die trockenen Blätter am Largo auf. Ein, zwei, drei, vier, fünf Blätter fliegen hoch. Mein Blick wirbelt im Tanz mit ihnen mit. Fatinha hat mir einen Traum erzählt, an den sie sich nicht richtig erinnern konnte. Sie steht an der Haltestelle und zählt, wie viele Hüte, wie viele Regenschirme, wie viele Sonnenbrillen vorübergehen, sie zählt Augen, zählt Münder. Manchmal zähle ich Blätter, dann wieder die Steine auf dem Gehsteig. Ich spiele, dass ich nur auf jeden zweiten treten darf. Ich zähle die Ziegel der Mauer, die Löcher in den Bauzäunen, zähle Wolken. Die Zeit vergeht so langsam. Der Hund schläft an der Einmündung der Straße. Ich achte auf die Autos, aber von Zeit zu Zeit vergesse ich, ihnen einen Platz zuzuweisen, mache blau, zähle Wolken, vergnüge mich damit, in der abgenutzten Farbe der Theaterfassade Gesichter zu entdecken. Wie sieht meine António Maria Cardoso an den Tagen aus, an denen ich im Viertel bleibe? Wie an allen anderen Tagen auch, ich bin kein Gebäude, keine Verzierung. Neulich kamen mir Fatinhas Augen leer vor. Ich steige auf den Grund des Brunnens hinab, um meine Freundin zu holen. Es ist ein glückloser Versuch, und ich bin auch nicht Held genug. Ich steige in den Brunnen der Augen meiner Freundin hinab und finde niemanden.

Schritte auf dem Bürgersteig, das Quietschen von Autobremsen, das Kreischen der Möwen, das Tuten der Schiffe, Kirchenglocken, Hupen, dumpfes Geschrei, das von fern vom Cais do Sodré zur Rua do Alecrim hinaufhallt, das melodische Gebimmel der von den vorbeifliegenden Gesprächsfetzen erzürnten Straßenbahnen.

Der heftige Wind, in sich selbst schon eine Partitur, verbarg andere Melodien. Ein Schlaflied aus einem Fenster oder dem Mund einer über einen Kinderwagen gebeugten Mutter. Einen Streit von Liebenden, den Gesang zweier Arm in Arm gehender Betrunkener, eine in einem Keller probende Band. Hinter den Geräuschen der Menschen waren nur noch mehr Geräusche und noch mehr Menschen. Selbst wenn für Momente Stille eintrat, konnte Boa Morte die Anwesenheit der Menschen in den Gebäuden erahnen.

Er ging zum Eingang der Brasileira. Die metallischen Geräusche der Kaffeelöffel und des Hebels der Espressomaschine, das Geklapper der Untertassen, die auf den Tresen oder ins Spülbecken gestellt wurden, das Wechselgeld, das Klirren der Gläser, darüber der Duft von Kaffee und Zigaretten, verliehen dem

Morgen eine heimelige Anmutung, die ihm, er wusste nicht warum, ein flaues Gefühl im Magen verursachte.

Es war die Hintergrundmusik, aber auch die Farben der Mäntel, Autos, Markisen. Zu bestimmten Uhrzeiten, wenn er müde war oder mechanisch vor sich hin ging, bekamen die zufälligen Farben der Schaufenster und Straßen in seinen Augen eine Absicht. Das Gelb der Sonnenschirme vor der Konditorei harmonierte mit dem Ocker des Schals in der Auslage, dem Braun der Schuhe, dem Bronzeknopf der Handschuhe. Das goldene Licht am späten Nachmittag auf den Marmorfassaden korrespondierte mit den Lichterketten am Eingang der Geschäfte. Der altrosa Vorhang am Fenster malte die Lippen der Mädchen blutrot, die schwarzen Umhänge der jungen Leute der Studentenkapellen breiteten sich als Decke über Fatinha aus, als Stoffmantel der alten Bettlerin am Eingang der Metro, das leuchtende Lila der Plastiktüte des einsamen Mannes entzündete das Lila der Lilien am Eingang des Blumenladens und den Nagellack der Dame mit dem Hut. Eine Farbe zog die nächste nach sich, ebenso wie die Dinge, die die Menschen zu Boden fallen ließen – Münzen, einen U-Bahn-Fahrplan, einen Kaffeelöffel, einen Stift –, sie schienen einer einzigen Person zu gehören, die durch die Stadt lief und Spuren hinterließ, einer Person, deren Geschichte und Alltag Boa Morte sich zu seiner Zerstreuung vorstellte.

Nachdenklich rieb er sich die Hände, holte den Kamm aus der Tasche und fuhr sich damit durchs Haar. Er hatte keine Uhr, doch dem Betrieb auf der Straße nach zu urteilen musste es fast vier sein. Jeden Nachmittag zwischen drei und fünf legte die Stadt eine Pause ein. Der Betrieb stand dann zwar nicht still, doch es waren andere Gesichter, weniger gehetzte, geheimnisvollere, mit mehr Abstand zueinander. Die Tauben und Möwen auf den Bürgersteigen und Plätzen flogen ungezwungener, und eine Wolke aus gedehnter Zeit, die wie ein unberührbarer Luftballon über den Gehsteig und um die Ecken tanzte, machte die Straßen breiter und heller, den Lärm leiser und die Gedanken in Boa Mortes Kopf immer spärlicher und flüchtiger.

Fatinha suchte nach den Überresten ihrer Wohnung, und der alte Mann schüttelte den Kopf, er hielt sie für krank und hatte Mitleid mit ihr. Doch hinter jedem zerknüllten Stück Papier, jeder benutzten Busfahrkarte, jedem auf den Boden geworfenen Beipackzettel, jeder auf der Bank zurückgelassenen Sportzeitung vom Vortag offenbarte sich für Boa Morte eine Wohnung, ein Mensch, ein Leben, in dem jedes Teil einer ursprünglichen Ordnung angehört hatte. Vielleicht war es kein Gott gewesen, der die Teile durcheinandergewürfelt hatte, noch war die ursprüngliche Zerstörung eine Katastrophe. Es schien eher so, als hätte ein Kind sein kleines Holzhaus auf einen Streich zerschlagen, und die am Boden in der Unterstadt verstreuten Teile waren seine kleinen Helden aus Blei und Plastik, die Teile des Spiels, die es im Zimmer verstreut und damit ein neues Universum geschaffen hatte.

Mit der Zeit war der Chiado für jemanden, der beim Gehen aufs Pflaster schaute, das, was vom Abriss eines einzigen Puppenhauses noch übrig geblieben war. »Alles verstreut«, wiederholte Fatinha, die Sammlerin war und auch ein kleines Mädchen.

Sei es, weil er den Tag auf der Straße verbrachte oder weil er aufmerksam war, Boa Morte hatte die Grenze überschritten, jenseits derer die Straße ihn um Hilfe bat. Der Chiado schien Boa Morte dabei helfen zu wollen, Ordnung in ihm zu schaffen, nicht ein Rätsel zu lösen. Als sei jedes Teil eines harmonischen Werks verstreut worden und als bestünde seine Aufgabe darin, die losen Teile zusammenzufügen, die kaputte Maschine zu reparieren, den richtigen Platz für jedes Teil zu finden, das zerbrochene Ganze zu flicken. Er konnte nicht wissen, wer die Musik für die Maschine geschrieben hatte, er kannte die Noten nicht. Die Straße bat ihn, sie zu reparieren, so wie die Autobesitzer ihn fragten, ob es auf der António Maria Cardoso noch Parkplätze gebe.

Ein Auto fuhr vor und blieb wartend stehen. Boa Morte ging hin, zeigte auf einen Platz, aber das Auto fuhr weiter. So wurde er von der anderen Seite der Fensterscheibe gesehen, als eine winkende Statue, der jene, die mit der Gabe der Fortbewegung ausgestattet waren, nicht nahe kamen, so wie das Publikum den Schauspieler auf der Bühne sieht und seinen Schmerz spürt und mit ihm lacht, aber nur aus der Ferne.

Er ging über das Pflaster und ahnte das Wasser im Boden, unter seinen Schuhen, bis hinein in die Tiefe der Erde. Lissabon schwankte unter seinen Schritten wie ein im Wasser schaukelndes Boot.

Boa Mortes Aufgabe war es, Parkplätze zu finden, auch wenn es keine gab. Die Straße gehörte ihm nicht, aber er nutzte sie wie ein Angler den Fluss.

Autos einzuweisen war nicht das Fegefeuer. Boa Morte war die Welle, seine Augen waren das Netz, das Pflaster sein Beiboot, Lissabon das Meer. Und die anderen, die Noten, die Farben, die Worte der Musik, waren Menschen, die neben ihm fischten.

Respektlosigkeit auf dem Parkplatz. Ein Herr, den ich noch nie gesehen habe, ein hochgewachsener Kerl mit entsprechendem Auftreten, hat mich beschuldigt, ich würde stehlen. Es wurde nach den Damen aus der Küche des Cafés gerufen, aber sie waren alle schon gegangen. Eine kleine Gruppe junger Leute, die gerade das Bairro Alto verließ, kam dazu. Er schimpfte mich einen Neger aus Guinea, Farrusco, geh zurück in dein Land, Escarumba, und ich weiß nicht, was sonst noch, manche hier in der Straße behaupten, ich sähe wie ein König aus, ich weiß nicht, ob das stimmt, aber die Cuanhama sind bekannt für ihre Vornehmheit. Ich bin nervös geworden und habe den Mann mit Fäusten bearbeitet, und er hat mir mehrere Schläge in den Nabelbruch versetzt. Zum Glück ist nichts geplatzt. Wir sind dann von der Polizei zur Wache gebracht worden, wo der Herr beschloss, keine Anzeige zu erstatten. Ich war ganz zerschlagen und wusste nicht, wo Jardel abgeblieben war, ich hatte ihn nicht mitnehmen dürfen. Als wir beide dort saßen, blickte der Herr mich voller Verachtung an. Ich habe ihn kein einziges Mal angeschaut, aber ich war darauf vorbereitet, mehrere Personen als Zeugen zusammenzutrommeln, Leute, die sich für mich verbürgen können, angefangen bei

Dona Idalina bis hin zu Dr. Silvia von der Gemeindeverwaltung von Prior Velho. Zuletzt erkannte mich der Polizist aus der António Maria Cardoso wieder: »Sie hier, Boa Morte? Ist alles in Ordnung?« Und er schickte den anderen weg. Aber der hatte mich gedemütigt und mich beschimpft und mich so geschlagen, dass ich am nächsten Morgen – Jardel hatte ich bereits wiedergefunden, er hatte vor dem São Luiz auf mich gewartet – mit einem Bluterguss und in blutverschmierten Laken aufwachte. Dona Idalina rief einen Krankenwagen. Sie haben mir eine Wunddrainage angelegt, und jetzt darf ich einmal in der Woche ins Gesundheitszentrum gehen, um die Wunde versorgen zu lassen, und Medikamente habe ich auch bekommen. Ich weiß sehr wohl, dass Autos einweisen keine menschenwürdige Arbeit ist, aber in meinen Augen bin ich ein Angestellter der Stadt Lissabon, der den Bürgern bei ihren Besorgungen hilft. Ich fühle mich nicht wie ein armer Teufel. Ich bin kein Heiliger, sondern ein großer Sünder, ich habe schon mit meinen eigenen Händen getötet, aber ich habe nie jemandem etwas gestohlen. Die Autos dort in der António Maria Cardoso sind mein Lebensunterhalt. Viele ehrenwerte Menschen können das bestätigen.

Vom Gesundheitszentrum aus geht es für uns direkt zum Gemüsegarten, der unsere Rettung ist. Aber auf dem Weg dorthin haben wir, Jardel und ich, noch im Café Halt gemacht, um uns Toastreste und Suppe in der Thermoskanne zu holen. Der Hund ist verrückt nach Kochschinken, er wird dann wieder zum Welpen. Auf dem Weg zum Campo Grande, den ich ganz und gar zu Fuß zurückgelegt habe, mit Jardel an der Seite, habe ich den Müllmännern beim Leeren der Mülltonnen zugeschaut, den Frauen vom Strich in der Nähe des Weißen Elefanten, den Straßenfegern, allesamt Angestellte Lissabons wie ich, ehrenwerte Leute, Aurora. Wir winken uns zu. Manchmal, wenn es Afrikaner sind, sage ich im Vorbeigehen: »Guten Abend, Bruder, guten Abend, Cousin, guten Abend, Cousine«, wenn es keine sind, sage ich nichts, um nicht noch beschimpft zu werden, aber ich grüße stets stumm, zum Zeichen, dass ich sie verstehe. Wir befinden uns auf derselben Seite des Flusses.

Seit diesem Vorfall sind die Bohnen enorm in die Höhe geschossen. Die im Wind wehenden Erbsen heißen mich willkommen, mein Kind, welch ein Frieden. Das Land gibt uns unsere Liebe, unsere Arbeit zurück. Jardel schläft zu Füßen deines Vaters, völlig erschöpft vom Weg. Der Bruch ist unter Kontrolle. Ich habe mein Ei aufgeschlagen – weil ich fort war, habe ich jetzt ein Guthaben von fünf – und es in einem Becher mit einem Esslöffel Rohrzucker zu einer Süßspeise verrührt. Genießen und träumen, der Hund hat sie auch probiert. Ich gehe jetzt ins Bett, denn morgen muss ich hart arbeiten, mein Kind, irgendwann werde ich blind, so viel, wie ich auf diesem Papier schufte. Dona Idalina hat sich nun damit einverstanden erklärt, dass ich den Papierkram bei ihr im Haus aufbewahre, was mich sehr beruhigt. Jardel freut sich ebenfalls, er hat jetzt den Rucksack seines Herrchens ganz für sich allein.

Vando ist mit der Auflage, dem Gericht jederzeit zur Verfügung zu stehen, zurück in unserem Gemüsegarten in Prior Velho, wie wir unter uns sagen. Das Problem mit der Abwassergrube ist gelöst, mit Dona Idalina ist nicht zu spaßen, sie hat die Gemeindeverwaltung gerufen, die Leute von den Wasserwerken, das kommt dabei heraus, wenn alles ordnungsgemäß genehmigt ist, wenn es ein Problem gibt, wird es gelöst, in aller Ruhe. Das neue Restaurant hat eröffnet, ich habe ganz vergessen, das zu erzählen, sie haben dort zwei angolanische Kellnerinnen eingestellt, zwei Engel, Dona Ermelinda und Dona Cristina, letztere ist noch jung, in den Vierzigern, und Mutter von zwei Kindern. Jeden Abend hole ich die Reste vom Abendessen ab, denn sie waren sehr dankbar und beeindruckt von dem, was dein Vater während der Bauarbeiten geleistet hat. Ich hatte diese Köstlichkeiten noch nie probiert, aber mein Jardel und ich sind jetzt stolze Verkoster von Toast mit Ziegenkäse und Tomaten – und Oregano! –, und dem Menschen wird hier am Ende des Abends tagtäglich zumindest mit einer heißen Gemüsesuppe geholfen. Wenn sehr viel übrig bleibt, darf ich die Suppe, die sonst im Müll landen würde, in der Thermoskanne mitnehmen, die ich für diesen Zweck organisiert habe. Was für einen

Unterschied eine heiße Suppe für die Verfassung eines Menschen doch macht! Ich hatte schon von der wohltuenden Wirkung von Suppe gehört, aber ich kannte sie nicht. Gestärkt verlasse ich den Chiado, ich muss nur vor Cátia und ihrem neuen Freund flüchten, die mich mit der Thermoskanne, dem Brot, das die Kellnerinnen mir schenken, und allem anderen, was ich sonst noch habe, abpassen wollen. Sie behaupten, ich sei ein Dieb, ein alter Habenichts. Das geht mir zum einen Ohr rein und zum anderen wieder raus, es sind die Drogen, die aus ihnen sprechen, alles werfen sie ein, Kokain, Heroin, Marihuana, die beiden schnüffeln sogar Holzleim.

Der Garten entwickelt sich prächtig. Vando ist entschlossen, damit seinen Lebensunterhalt zu bestreiten und einiges zu verkaufen, jeder von uns soll dabei für seinen Teil verantwortlich sein. Pro Woche bringen wir es auf zwei Dutzend Eier. Wir ernten Kartoffeln. Ernten Petersilie und Koriander. Wir haben bereits begonnen, Bohnen und Rüben zu ernten. Es ist Arbeit für viele Hände, wir bereiten die Gründung einer Genossenschaft vor. Ich setze mich hin und schaue zu, wie es regnet, die Kinder hüpfen und spielen, sie alle sind bereits großartige Verkoster von Toast mit Ziegenkäse und Tomaten, Toast mit fein geschnittenem Kochschinken, wenn es welchen gibt, sogar von Brötchen mit Rindfleisch, die im Café hervorragend zubereitet werden, mit zartem Steak und französischem

Senf, sodass dein alter Vater in seinen fast dreißig Jahren in der portugiesischen Republik noch nie so gut genährt war. Neulich haben sie mich vom Café aus sogar Senhor Prestes anrufen lassen, um ihm einen Gruß zu bestellen. Schlimmer ist es mit dem Nabelbruch, er wächst und wächst und wächst. Das Einschlafen fällt mir schwer, weil ich nicht weiß, wie ich liegen soll. Von Zeit zu Zeit, wenn mich das Gewissen quält, denke ich, es wäre besser, er platzte.

Dann habe ich wieder dein hübsches Gesicht vor Augen, das Gesicht deiner Mutter an dem letzten Tag, an dem ich sie gesehen habe, in einem hellgrünen Kleid, ich sehe die Farbe so intensiv vor mir, wie ich da im Dunkeln in meinem Zimmer liege, dass ich denke, die Farbe will mich erwürgen. Das trockene Gefühl im Mund, ein Brennen in der Brust, der Geschmack des Wassers in den Tümpeln im Wald, und ich, der ich wie ein Tausendfüßler durch den Busch krieche, Schlamm auf der Uniform, Schlamm im Gesicht, all das gibt mir, wie ich da in meinem Zimmer liege, das Gefühl, dass der ganze Schlamm dieses Kriegstages auf mich herabregnen wird. Dann drehe ich mich um und wecke Jardel. Wir beide gehen hinaus auf die Straße und in den Gemüsegarten. Ich setze mich auf den Stuhl. Jetzt riecht es nach Koriander und nach der frischen, kräftigen Petersilie, die wir gepflanzt haben. Es riecht nach Blattkohl, ein grüner Geruch von der Farbe des Kleides deiner Mutter, aber das erschreckt mich nicht.

Wenn ich dort sitze und die Früchte unserer Arbeit betrachte, fühle ich mich ein bisschen weniger weit weg von dir und meinem Leben und von mir selbst. In solchen Momenten ist auch schon mal der alte Pompeu aufgetaucht und hat mich in meiner Einsamkeit ertappt. Wir reden über die Kolonialzeit, er erinnert sich an die Sitten und Gebräuche auf seiner Insel, wir sprechen über die Ernte, wir sind dort, zwei Bauern auf ihrem Hof, auch wenn das Stück Land lediglich vierzig Meter lang ist. Vierzig Meter Staub für all das Blut, das ich in meinem Leben vergossen habe.

Es fällt schwer, die Jugend leiden zu sehen, mein Kind. Die Jugend sollte süßes Brot sein. Mein Freund Vando macht sich Sorgen wegen des Geldes, das er dem Drogenhändler schuldet. Geld kann ich ihm keines geben, aber es raubt mir den Schlaf, wenn ich den Jungen mit diesem Gesicht sehe, er gießt weder mehr unser Land noch nimmt er unsere Erzeugnisse zum Verkaufen mit. Mir bleibt also nichts anderes übrig, als mich um den Gemüsegarten zu kümmern, solange er so unzurechnungsfähig ist. Aber die letzten Tage waren eine Tortur, er sagt, wenn er nicht zahlt, werden sie kommen und ihn umbringen.

Am Sonntag ist nach vier Uhr nachmittags niemand mehr vorbeigekommen. Es war recht frisch. Es gibt solche Tage, an denen man nur sehr wenige Leute auf dem Parkplatz sieht. Und dann wieder gibt es andere, an denen ich keinen Platz für die vielen Autos finde. Eine junge Frau, Susana, ist vorbeigekommen und hat mir einen Fünfeuroschein gegeben, um im Laden vom Inder eine Packung Milch zu kaufen. Ich bin auf der Stelle hingegangen und gleich wieder zurückgekommen. Auf dem Parkplatz keine Menschenseele. Also habe ich mich zur Rua do Loreto aufgemacht, um Fatinha zu treffen. Sie war zwar da, aber noch abwesender als sonst und weinte still vor sich hin. Sie sagte, sie wolle mir ein Geheimnis verraten. »Was für ein Geheimnis, Fatinha? Sag schon!« »Du musst mit mir mitkommen«, antwortete sie sehr ernst.

Sie nahm meine Hand, mit der anderen ergriff sie den Koffer, der stets neben ihr steht. Von dort aus gingen wir die Rua do Alecrim hinunter in Richtung Cais do Sodré, Fatinha, der Koffer und ich.

Immer schweigend, den Blick nach vorn gerichtet, ohne in die Schaufenster zu sehen. Ich denke viel darüber nach, was wohl in ihrer Seele vor sich geht. Was mag unter den schmutzigen Kleidern, in dem von Wein und Bier dicken Bauch, unter den ungekämmten Haaren, den Nägeln, in den nackten Füßen wohnen? Einmal hat sie mir von einer Schwester namens Mariana erzählt, die sie schon lange nicht mehr gesehen hat. Sie selbst heißt eigentlich Maria de Fátima. Aber wann immer ich sie nach ihrer Familie frage, taucht sie in eine andere Welt ab und weicht mir aus.

Kurz bevor wir das Terreiro do Paço erreichen, fing

sie an, mir eine Geschichte zu erzählen: »Es war einmal ein Junge namens Boa Morte, der nach einer langen Wanderung in eine kleine Stadt kam.« Dann brach sie ab und sagte nichts mehr. Sie ging sehr entschlossen und hielt meine Hand sehr fest. Ich deutete auf die Burg, das Castelo de São Jorge. Wir ließen das Terreiro do Paço hinter uns, gingen am Campo das Cebolas vorbei, mein Nabelbruch begann zu schmerzen, und ich vergaß ganz, dass wir Hand in Hand liefen. Unterwegs nach Santa Apolónia dachte ich weder an Fatinha noch an unseren Spaziergang, ein schmerzender Bruch fordert eifersüchtig alle Aufmerksamkeit, man kann an nichts anderes mehr denken, aber Fatinha störte sich nicht daran. Wir liefen und liefen, der Nachmittag ging allmählich zu Ende. Irgendwann kam ich zu mir: »Fatinha, wohin gehen wir eigentlich?« »Woher, mein Prinz, soll man das wissen? Wir gehen irgendwohin.« Es war schon dunkel, als wir zum Chiado zurückkehrten. Wenn die Leute uns sahen, wechselten sie die Straßenseite. Wegen Fatinhas Koffer, den zu tragen sie mich ihr nicht helfen ließ, sahen wir aus, als wären wir gerade von Bord eines Schiffes an Land gegangen. Mir fiel dabei der 22. Juni 1979 wieder ein, als ich in Portugal angekommen bin.

Ihr Koffer ist voller alter Zeitungen, die sie aus dem Mülleimer holt. An der Haltestelle sitzend, liest sie aufmerksam die Zeitung vom letzten Jahr, als wäre es die von heute. Sie liest die Nachrichten laut vor, leckt zum Umblättern der Seiten den Finger an, ist ganz konzentriert. »Was gibt es Neues?«, frage ich sie, um sie zu provozieren. Sie schaut von der Zeitung auf und sieht mich hochnäsig an: »Also wirklich, kümmern Sie sich gefälligst um Ihre eigenen Angelegenheiten, mein Prinz.« Nachrichten von gestern, Nachrichten aus der alten Welt, in der sie lebt, immer dieselben Zeitungen lesend, unserer Zeit entrückt. Meine Freundin wirkt wie eine Frau aus einem anderen Jahrhundert, die vergessen hat zu sterben.

Cais das Colunas. Hätte ich doch nur den Mut, mich in den Fluss zu stürzen. Die Wellen singen für mich. Fatinha singt ebenfalls, Weihnachtslieder aus ihrer Schulzeit. Die Stimme eines kleinen Vogels aus meiner Kindheit. Ich ertappe mich dabei, wie ich an diese Stadt unter dem Wasser denke. Mich hineinstürzen, nicht um zu sterben, sondern um an diesem Ort zu wandeln. Die Angst zu träumen verlieren. In den anbrechenden Traum sinken.

Wie aber macht man das? Wenn ich hier in meinem Zimmer bin und schreibe, vergesse ich, dass ich schreibe. Wenn die Feder sich über meine Gedanken hinwegsetzt und ich sie ansehe, die Tänzerin eines *Corps de ballet*, die für mich nach der Musik meines Geistes tanzt.

In der Nacht schließe ich die Augen und fange an zu schwitzen. Vom Träumen bekomme ich einen unguten Geruch.

Ich lege mich mit dem Blinden an, der meine Schritte schon kennt, Dona Maria vom Maronistand habe ich nie mehr wiedergesehen, vielleicht ist das Baby schon zur Welt gekommen.

Mein Trost sind die Liebespaare, denen ich begegne, wenn ich nicht damit rechne. Sie haben noch keine gemeinsame Wohnung, die Straße ist ihr Heim. Sie streiten sich, fauchen, und die jungen Mädchen gehen mit verschränkten Armen gereizt die Straße hinunter. Die jungen Männer bleiben vor dem Theater stehen und rufen ihnen nach: »Catarina! Komm her, jetzt sei doch nicht so.« »Lass mich«, schreien sie. Ich lache herzlich über das Gezanke.

Später sehe ich sie an der Ecke knutschen. Er drückt sie gegen die Wand und schiebt seine Hand in ihre Hose. Der Streit ist Vergangenheit. Sie amüsieren mich.

Gestern ein Albtraum. Das Gesicht im Schlamm, durch den Busch robbend. Ich krieche, fühle mich wie ein Wurm, kann nicht atmen. Ich schleppe die Ausrüstung, sie ist teuflisch schwer. Die Stiefel zwei Steine. Das Schlimmste ist das Dickicht über mir, eine Kralle, die mich an den Füßen zieht und mich daran hindert, mein Gewicht auf die Ellbogen zu stützen. Ich kann kaum eine Handbreit vor mir sehen, das Gras zerkratzt mich, Sekunden zuvor habe ich Vítor, meinen Kameraden, verloren, das Entsetzen, ihn tot in meinen Armen zu halten, steckt mir in den Augen und in der Brust, Aurora, es erstickt mich, erdrückt mich. Vom Busch erdrückt krieche ich vorwärts, die Schüsse hören nicht auf, ich krieche, bin ein Wurm, ich vermisse den festen Boden unter dem Schlamm, mein Freund ist in meinen Armen gestorben, an die Palme gelehnt, ich sehe noch seine Augen, die mir sagen, ich solle ihn retten, sein Mund voller Blut, der die letzten Worte stöhnt, er sagt zu mir: »Joana, geh zu Joana, bleib in Cova da Beira, Boa Morte.« Das ist Vergangenheit, aber es ist heute auch Gegenwart, ich krieche erdrückt im Schlamm, und ich weiß, dass ich nicht nach Cova da Beira gegangen bin, ich krieche in der Vergangenheit im Schlamm, auf der Flucht vor dem Feind, aber ich weiß, dass ich meinem Fähnrich, der sein Leben für mich hergegeben hat, keine Ehre erwiesen habe.

Es gibt solche Tage, mein Kind, an denen nichts, weder Vando noch der Gemüsegarten noch die jungen Liebespaare auf dem Parkplatz, die sich im Auto küssen, dem alten Herz deines Vaters Halt geben kann. Dann vergesse ich die süße Erinnerung daran, wie meine Mutter mir vorgesungen hat, ich vergesse meine Frau, vergesse dich und auch die Sehnsucht nach unserem Wiedersehen, die mich am Leben hält, ich vergesse sogar meine Würde und das Lächeln von Fatinha, wenn sie mich ansieht und ich denke, dass es hinter dem Wahnsinn einen Funken Leben gibt, dass hinter der schmutzigen und dem Wein verfallenen jungen Frau ein verträumtes kleines Mädchen steckt.

Nichts kann deinen Vater retten an den Tagen, an denen er durch den Busch kriecht, weder der kleine Junge, der ich einmal war, noch der Großvater, der zu sein ich mir erträume, noch das von der Fassade des Teatro de São Carlos fliehende Sonnenlicht, noch der Klang der Musik, den ich an den Tagen der Chorproben in der António Maria Cardoso höre.

Das ist der Klang, der mich in den Traum fortträgt, São Carlos ist wie eine Spieluhr in meiner Tasche, und ich bleibe an der Ecke stehen und schaue zu, wie aus dem Gebäude der Klang atmet.

Aber auch das kann deinen Vater an den Tagen von Vítor und seiner Verlobten Joana, der Freundin meines Kameraden irgendwo in Cova da Beira, nicht aus dem Busch holen. Ich habe das Versprechen, das ich ihm gab, nicht eingelöst. Ich bin nicht in Santa Apolónia in die Eisenbahn gestiegen, um ihr die Nachricht von ihrem Verlobten zu überbringen. Hätte sie einen Schwarzen empfangen, einen Lumpen mit einer Beule am Bauchnabel, um ihr den Abschiedsbrief ihres Liebsten zu übergeben? Ich hatte sogar zu ihr hinfahren wollen, ich wollte es versuchen, aber dann verging die Zeit, und ich stellte sie mir vor mit einem neuen Mann und einer neuen Familie. Ich bin nicht zu ihr gefahren, weil ich sie nicht verärgern wollte, und jetzt bin ich ein alter Mann, dem die Eingeweide aus dem

Leib hängen. Was hätte ich ihr sagen sollen? Dass ich ihren Verlobten habe sterben lassen, um meine eigene Haut zu retten?

Um drei Uhr morgens bin ich schweißgebadet aufgewacht. Habe mich unter das Sonnensegel gesetzt. Habe überlegt, meinem Leben ein Ende zu bereiten. Mir ein Messer in den Bruch zu rammen, diesen Mist zu beenden.

Es tut mir leid, Aurora, aber der Gedanke an deine Existenz ist mir nicht einen Moment lang gekommen. Ich wollte nur Schluss machen, Schluss mit Boa Morte da Silva, Schluss mit diesem Unsinn, den ich mein Leben nenne.

Es war Vollmond. Kalt wie nichts Gutes. Nach und nach wurde es immer feuchter, die Nacht, die in die Nacht eintauchte, die Stunde, in der die Welt aussetzt und nur noch die armen Seelen sich frei bewegen. Und da habe ich begriffen, dass es sich nicht lohnt, mich umzubringen, der Wind pfiff in der Morgendämmerung in den Eukalyptusblättern, es lohnt sich nicht, mir ein Messer in meinen Bruch zu rammen, denn mein Bruch hat mich schon getötet, ich bin gar nicht hier, bin schon hinübergegangen. Ich bin Boa Morte da Silva, ein Geist. Ich gehe, lösche meinen Durst, schreibe, spreche, denke, aber ich habe meine letzte Stunde schon gesehen, ich bin schon vor langer Zeit verurteilt worden.

Mann und Hund schlafen im selben Bett. Der Arm des Mannes umschlingt den Körper des Hundes und zieht ihn zu sich heran. Sie gehören zueinander. Der Bauch des Mannes schmiegt sich an den Rücken des Hundes, und liegen sie auf der anderen Seite, passt das Rückgrat des Hundes in die Kniekehlen des Mannes. Das Tier legt seine Schnauze auf den Bauch des Mannes. Es ist ein kleiner Hund. Eingerollt passt er zwischen die Arme des Mannes, die im Schlaf auf ihm ruhen. Was sie vor der völligen Dunkelheit bewahrt, ist der Lichtstrahl, der unter der Tür hindurch in den fensterlosen Raum fällt. Wenn der Hund im Schlaf versunken die Augen verdreht, erglänzt dieser Lichtstrahl in der weißen Lederhaut seiner Augen, und es scheint, als würde das Tier innerlich von Licht durchbohrt. Der Mann atmet rücklings auf der Matratze liegend durch den Mund und schnarcht heftig. Sein Schnarchen wird von dem des Tieres begleitet, das zuckt und die Pfoten ausstreckt. Von Zeit zu Zeit scheint der Schwanz des Hundes seinen eigenen Traum zu träumen. Er schlägt auf die Matratze, wedelt über die Beine des Mannes, der sich umdreht, ohne gänzlich aufzuwachen. Der Hund träumt von einem Wirrwarr aus Farben und Licht, einer offenen

Wiese, auf der er ungestüm voranstürmt. Ab und an seufzt er und zieht die Pfoten ein. Der Mann träumt von einem Wirrwarr aus Farben und Licht, einem versperrten Feld. Er schwitzt, knirscht mit den Zähnen, schüttelt den Kopf. Sie atmen des anderen Atem, und deshalb gehen, während die Nacht voranschreitet und es kühler wird, ihre Seelen ineinander auf. Der Mann träumt ein wenig den Traum des Hundes, und aus dem düsteren Dickicht in seinem Traum wird von Zeit zu Zeit eine offene Wiese. Der Hund träumt ein wenig den Traum des Mannes, und aus der lichten Ebene aus seinem Traum wird von Zeit zu Zeit ein düsteres Dickicht. Die Übertragung ihrer Träume bringt dem Mann Erleichterung und lässt den Hund noch wilder losstürmen, lässt ihn den Schwanz noch heftiger auf die Beine des Mannes schlagen. Im Zimmer schlafend sind sie tot für die Welt, als der Hund in den Traum des Mannes eintritt und durch das Dickicht rennt. Sie sind im Gefecht verschwunden, als der Mann in den Traum des Hundes tritt. In dem Dickicht aus dem Traum des Mannes ist der Hund ein erleuchtetes Wesen, das den Weg weist. Auf der Wiese, von der der Hund träumt, ist der Mann die düstere Gestalt, die am Ende des Laufs auf ihn wartet. Boa Morte hat seine Hände auf Jardel gelegt. Der Hund schmiegt sich an seinen Bauch. Für ein paar Stunden sind sie von der Welt befreit, das Viertel ist ermattet, mondbeschienen, sein Traum verläuft parallel. Auf den Schnellstraßen ringsum rasen vereinzelt Autos mit hoher Geschwindigkeit vorüber. Die Scheinwerfer lassen einen verzweifelten Lichtstrahl zurück. Boa Morte träumt, dass er und Vando im Gemüsegarten sind und die Flugzeuge zählen, die auf dem nahe gelegenen Flughafen landen. Es sind Maschinen, doch die Männer betrachten sie wie exotische Vögel. Sie fliegen niedrig, als wollten sie auf ihren Köpfen landen. Der Hund bellt, das ist die Art und Weise, wie Hunde im Schlaf reden. Der Mann seufzt und dreht sich zur Seite, er ist das Träumen leid. Die Nacht ist erst halb vorüber, der Hund träumt von roten Wellen. In seinem Traum hat der Mann Blut an den Händen.

Mit den Zügen hat es angefangen, als ich Jardel verloren habe, vor einem oder anderthalb Monaten. Es war nicht sofort. Zuerst kam die Stille, der Schmerz in meinem Nabelbruch, der für ein paar Tage Ruhe gab – und dann die Züge. Sie tauchten in der Nacht auf, als ich mit meinen Papieren beschäftigt war. Gleise in meinem Kopf. Ich habe nicht sofort begriffen, was es war. Ob es Einbildung war, ob es daher rührte, dass ich in der Stadt so viel im Kreis herumgelaufen bin, den Blick auf den Boden gerichtet. Ich dachte, meine Wege seien vor meinen Augen zu einer Erscheinung geworden. Dann, ich weiß nicht, ob ein oder zwei Wochen später, ich kann es nicht mehr genau sagen, fand ich mich in Campolide dabei wieder, wie ich den Zug auf den Gleisen beobachtete, und ohne Ziel und ohne Fahrkarte bin ich eingestiegen.

Alle Angst, erwischt zu werden, war wie weggeblasen. Ohne weiter nachzudenken, musste ich dort einsteigen. Seit dem Tag habe ich mich innerlich verändert, Aurora. Aurora, Aurora, ich schreibe deinen Namen, und er klingt für mich fremd, denn die Züge, das, was ich in ihnen entdeckt habe, geht nur mich etwas an, ich werde es nicht einmal dem Papier erzählen. Ich weiß, dass ich mich, wenn ich davon spreche, nicht mehr in derselben Zeitebene befinde, der vom Anfang meiner Papiere, vor etlichen Stationen. Ich erzähle dir von der Mitte des Lebens, während ich dir zuvor nur vom Ende meines Lebens erzählt habe.

Der Zug fährt ein, ich springe hinein. Dieser Sprung hat etwas von einem Helden in mir in Bewegung gesetzt. Ich steige ein, aber ich entscheide mich nicht dafür. Die Tür öffnet sich, und eine Hand zieht mich am Kragen hinein. Los, komm schon! Etwas Kindisches, wie von diesen Jungs, die sich außen an die Straßenbahn 28 hängen. Viel mehr gibt es nicht zu erzählen. Ich warte auf einen Platz, setze mich, vorzugsweise ans Fenster, und betrachte die Landschaft auf der anderen Seite der Scheibe, am Fenster eines Hauses, das vielleicht meines sein könnte. Der Zug bahnt sich seinen Weg zwischen den Hochhäusern, durch die Vororte, das Industriegebiet, den Bahnhof von Benfica, den Bahnhof von Damaia, die enge Kurve zwischen

Amadora und Queluz, meine Augen rasen aufmerksam mit. Die Gedanken schlafen ein, ich bin nur Augen, nur Augen in Bewegung, und mitten am Tag, ohne an den Fahrscheinkontrolleur zu denken, ohne bezahlt zu haben, sitze ich auf meinem Platz wie eine Lupe, die all das sieht, was die anderen nicht bemerken. Kleinigkeiten, die für mich Tag um Tag ein Geschenk sind, die Nahrung sind am Ende der Nacht. Atmosphärischer Staub, wollte ich ihn dir erzählen, aber ich will nicht, mir fehlen die Worte, Aurora.

Fatinha ist ins Krankenhaus eingeliefert worden. Ich habe sie nur einmal besucht. Im Hof der Krankenstation habe ich sie dabei ertappt, wie sie mit einer Wand sprach, und sie hat mich nicht erkannt. Das hat mich innerlich vernichtet.

Boa Morte streckte ihr die Hand hin, berührte die Finger der Frau. »Wem gehört diese Hand?«, fragte sie und blickte den Mann an. Sie hielt die Finger an die Lippen und lächelte. Er streichelte ihr übers Gesicht und ging.

Fatinha, Meerjungfrau ihrer Welt. Sie besucht mich in den frühen Morgenstunden. Als ich neulich aufgewacht bin, habe ich nur Jardel gesehen, er hatte ins Zimmer gepinkelt. Es war ein Traum, ich weiß nicht, wo er sich herumtreibt. Ich sehe sie nachts. Gestern wieder. Sie war wie ein toter Wal am Meeresrand, und das Meer war ich, das Rauschen der Wellen mein Schnarchen. Ich sah nur ihren Bauch, der so geschwollen war wie meiner, ich hörte sie weinen, ich blieb liegen, und das Weinen wiegte mich in den Schlaf, ich weiß, dass ich allein im Zimmer bin.

Wohin führt Fatinha mich, mit ihrer Hand in meiner Hand? Fatinha ist ertrunken, mein Kind. Sie ist von der Haltestelle ausgelöscht, sie weint in meinen Ohren. Meerjungfrau ihrer Welt. Die Muttergottes bringt mir meinen Hund zurück, meinen Freund. Muttergottes, bring mir meinen Hund zurück, meinen Freund. Muttergottes, bring mir meinen Hund zurück, meinen Freund. Muttergottes, bring mir meinen Hund zurück, meinen Freund. Ich merke mir nicht die Antennen, die verwunschenen Gärten, die mir vom Zugfenster aus wie Orte vorkommen, an denen der immer selbe alte Mann den immer selben Regenschirm vergessen hat, es ziehen dahineilende Menschen vorbei, von Zeit zu Zeit wird an der Strecke gearbeitet, und man muss ein paar Minuten warten, bevor die Fahrt weitergeht. Die Bahnstationen interessieren mich nicht, mein Kind, die Ziele interessieren mich nicht mehr, seit ich meinen Hund verloren habe, die vorbeifliegende Landschaft, Schwester meiner Albträume, des Gebells auf der Straße, der Gefangenen, die ich in der António Maria Cardoso sehe. Ich sitze geschützt im Zug, mir ist warm, noch regnet es im Zug nicht. Ohne Jardel gibt es auf der

Straße Tage, an denen es statt Wasser nur Schlamm regnet.

Am Zugfenster, das Gesicht an der schmutzigen Scheibe, ein Mann ohne Landkarte, Aurora. Ich gebe die Gewohnheiten meines Postens allmählich auf. Was ich vor den Fahrten war, ist jetzt ebenfalls eine zerrissene Landkarte. Selbst diese Papiere, die mich bei der Stange halten, ich wollte, sie würden die Landschaft meines Lebens zerschneiden, so wie die Eisenbahnlinie die Stadt zerschneidet und verbindet, was sie zerstört hat.

Weine nicht, Fatinha, es lohnt sich nicht, Boa Morte ist bei dir.« Die Kinder hatten an ihren Kleidern gezogen, ihr das Kopftuch heruntergerissen. Sie mit nacktem Oberkörper zurückgelassen. Es war in den frühen Morgenstunden gewesen. Keiner war ihr zu Hilfe geeilt. Wann immer sie jetzt wieder zu sich kam, erinnerte sie sich an diese Nacht. Sie weinte, als wäre es erst am Tag zuvor passiert, obwohl schon Monate vergangen waren. Boa Morte hatte ihr nicht beigestanden. Er war irgendwo anders gewesen.

Der alte Mann umarmte sie, gleichgültig gegen den üblen Geruch des Mädchens. Fatinha schluchzte. Sie saßen auf der Aussichtsterrasse, mit Blick auf den Fluss. Sie war vor Kurzem aus dem Krankenhaus zurückgekehrt. Er spürte, dass er nicht für sie da gewesen war, als sie ihn am meisten gebraucht hatte.

Eine Frau ist ein Baum, von dem keiner mehr weiß, wann er gepflanzt wurde, Kind. Deine Mutter schaute mich an, nachts, im Bett, manchmal sogar, wenn ich sie wollte, aber sie schaute mich mit einem Blick an wie jemand, der mich schon immer angesehen hat, seit es die Welt gibt, vielleicht schaust du deinen Mann auch so an, ich weiß nicht, ob es schon einen Mann in deinem Leben gibt. Früher kam mir dieser Blick vor wie der Blick des Teufels. Aber wenn ich jetzt darüber nachdenke, merke ich, dass ich Angst hatte, deine Mutter könnte Angst vor mir haben, was nicht stimmte, und dass ich ihr die Angst in den Leib gejagt habe, um meine Angst vor all dem Unbekannten in ihr zu zähmen.

Dinge in meinem Leben, die ich zuschanden gemacht habe: meine Uniform, meinen Posten, meine Erbin, meine Frau, mein Haus. Ich betrachte mich im Spiegel, wenn ich auf der Aussichtsterrasse von Santa Catarina sitze und mich rasiere, die Klinge ins Wasser tauche, mit der Klinge über mein Gesicht fahre. Der Tejo sieht mich an, ein scharfer Spiegel, er schneidet mich, und ich rasiere mich. »Schneide dir mit dem Spiegel die Kehle durch, Boa Morte, du schamloser Gesell.« Aber wer mich töten müsste, wärst du, Aurora, deshalb schreibe ich dir, damit du zurückkommst und mich dafür bezahlen lässt. Ich schreibe dir, um dich zu bitten, Schluss mit mir zu machen, diese Papiere zu verbrennen und meinen Namen zu verfluchen, denn sosehr ich es auch möchte, ich muss den ganzen Tag die Last meiner Beine ertragen und schleppe diesen Bruch die Calçada do Combro hinauf und hinunter. Niemand sieht mich. Ich stehe in keinem Register. Ich bin verschollen, nicht einmal ich selbst kann mich mehr sehen. Zuweilen habe ich sogar das Glück, dass sich ein Schwarm Tauben in der António Maria Cardoso neben mir niederlässt und dort auf dem schmutzigen Boden herumpickt, ganz nahe an meinen Füßen, das schmutzige Taubenpack. Manchmal kommt es vor, dass eine elegante weiße Taube inmitten der anderen auftaucht und Licht in meinen Tag bringt. Ich sehe die weiße Taube, verfolge sie, sie fliegt davon, ohne meinen Makel zu bemerken, sogar weiße Tauben schickt Gott mir, damit ich nie vergesse, wie sehr die Schönheit schmerzt, Aurora.

Wenn ich mich im Zug ans Fenster setze, zieht meine Vergangenheit an mir vorüber. Ich sehe meine Mutter, mein Heimatland, deine Mutter, deine Geburt, die Tage im Krieg, meine Ankunft in Lissabon. Ich lehne mich im Sitz zurück und schaue mir den Film meines Lebens an. Vielleicht ist das der Grund, warum ich dieser Fahrt nie müde werde. Die Hochhäuser draußen sagen mir gar nichts. Wenn ich nicht einschlafe, und selbst wenn ich einschlafe, bin ich in diesem Spielfilm unterwegs, der die Abfolge meiner Fehler und meines Ruhms darstellt. Aber ich muss nicht mit dem Zug fahren, um im Kino zu sein. Ich sehe, wer ich war und immer noch bin, in den Augen von Fatinha, in den Augen von Vando, im Tejo, wenn das Mondlicht aufs Wasser fällt und es bescheint.

Fatinha und Vando brauchen mich, das spüre ich, aber ich will mich nicht wichtiger machen, als ich bin. Bei Fatinha und Vando denke ich, dass das Schicksal mich in ihr Leben geschickt hat, um ihnen ein Vater zu sein, hoffentlich verdiene ich die Flamme, die ihre Existenz in mir brennen lässt, wenn ich nur wüsste, wie ich mich dafür revanchieren kann, dass sie mir jeden Tag die Möglichkeit geben, meine Würde zurückzuerlangen. Wenn der Tejo diesen alten Mann braucht, ist er wie jeder Fluss, der braucht, wer sich in seinem Wasser befindet.

Ich sehe mir die Schaufenster der Unterstadt an, aber ich sehe darin nicht mehr mein Gesicht im Spiegel, ich sehe nicht, was verkauft wird. Wenn ich die Rua Nova do Almada hinaufgehe, sehe ich in den Scheiben mein Leben, die Schaufenster erzählen mir, wer ich gewesen bin. Ab und an plaudere ich mit dem blinden Bettler, der normalerweise am Eingang zur Metro sitzt. Wir haben uns schon eine Portion Maroni geteilt, ein Sandwich mit Kochschinken, das ich ihm mitgebracht habe. Aber ich gehe weniger wegen des

Plauderns zu ihm als vielmehr, um in die gläsernen Augen des Blinden zu schauen, die stets geöffnet sind und staunend in den Himmel starren. Ich sehe mein Leben in den spiegelgleichen Augen des Blinden.

Der Umstand, dass ich überall, wo ich hinschaue, mich sehe, ist womöglich der Tod, der näher rückt, der gekommen ist, das Maß meiner Uniform zu nehmen. Nicht einmal so erwacht die Sehnsucht. Ich betrachte meine Vergangenheit, als würde ich einen Film sehen, der mich nicht erschüttert. In der Nähe von Fatinha in der Rua do Loreto fällt aus einem Kerzengeschäft an Wintertagen ein warmer Feuerschein auf die Straße. Auf dem Rückweg in die António Maria Cardoso bleibe ich dann vor dem Schaufenster stehen. Kerzen in allen Farben und Formen, klein, groß, bunt, weiß, golden, blau. Es wäre das Einzige, was ich aus diesen Straßen gerne mitnehmen würde. Eine Kerze, um mein Zimmer zu erleuchten.

Es ist zu spät, um meine Fehler zu beweinen, es war schon in dem Moment zu spät, als ich sie begangen habe. Die Scham darüber, dass ich mich nicht an Gott wende, um Vergebung zu erlangen, steht mir ins Gesicht geschrieben. Auch der gesamte Tejo könnte mich nicht so rein waschen, dass ich es wagen würde zu beten. Ich gehe in keine der vielen Kirchen am Chiado. Ich sehe sie von Weitem, mein Platz ist auf der Straße.

Eine brennende Kerze auf meinem Tisch, eine Nacht ohne Träume, Brosamen, das sind meine Wünsche.

Meine Lampe wirft auf die Wand meines Zimmers einen hochgewachsenen Mann mit einem großen Buckel, ein Mann, der bis an die Decke ragt, mit länglichem Kopf und langem Hals. Wenn es mir bis zum Ende meines Lebens gelänge, diesem alten nächtlichen Freund Ehre zu erweisen, wäre ich schon zufrieden. Alles andere ist nichts für einen Mann wie deinen Vater, Aurora.

Die vorbeifliegende Landschaft erwischte Boa Morte im Schlaf. Er hatte Angst, etwas zu verpassen, obwohl er nach nichts suchte. Was er draußen sah, sah ihn. Er lehnte sich gegen die Scheibe wie in ein Kissen. Hingegeben an die Niederlage, war eine sehr alte Müdigkeit in ihm. Er fuhr nicht. Er hatte Zuflucht gesucht. Was er draußen sah, sah ihn: Dort fährt einer, der erblindet ist. Boa Morte döste. Das Rumpeln des Zuges über die Gleise schlich sich in seine Träume. Inmitten von Stimmen folgte er im Galopp, gezogen von Hunderten von Pferden, einer sich in den Raum verlängernden Bahnlinie. In dem Traum hatte die Linie eine Seele. Aber nichts von dem, was er jenseits der Scheibe sah, war schön oder verheißungsvoll. Lediglich ein lästiger Wind, an den Ecken Plakate vergangener Wahlen, auf denen in einem albernen Palimpsest die Kandidaten des einen Jahres die Augenbrauen der Kandidaten eines anderen Jahres als Schnurrbart trugen oder auf denen das, was früher ein Mund gewesen, jetzt ein vom Regen angenagtes Ohr war. Die Bahnlinie war von einem Zementwald umgeben, der, je weiter Campolide hinter ihm zurückblieb, immer dichter und höher wurde. Bei düsterem Wetter belebten sich die trostlosen Gebäude an der geraden Strecke, die

Casal Ventoso mit dem Bahnhof von Benfica und anschließend Benfica mit Damaia verband, mit einigen bereits erleuchteten Fenstern, die sich in seinen Augen in Lichtfäden fortsetzten, aus denen sich die Staubkörnchen eines vorgestellten Abendessens am Tisch lösten, einer Familie beim Fernsehabend, wie durch Boa Morte hindurchrasende Kometen. Viadukte, unter denen die Menschen lebten. Ein einsamer Mann mit einem Einkaufswagen am Straßenrand.

Was er draußen sah, Monsanto, Amadora, konnte ihn sehen. Boa Morte verdrehte die Augen, schmeckte in der Dunkelheit seinen Atem, kaute mit leerem Mund, schmiegte sich in seine eigenen Arme. Seine Knochen störten ihn wie die hervorstehenden Federn einer Matratze, er lehnte seinen Oberkörper ans Fenster und stützte sein Kinn auf die Hand.

Er war eingeschlafen, schnarchte leise. Aber die Eingebung, die weiter in ihm war und ihr Abbild in seinen Traum warf, der Faden, durch den er sich einmal mehr im Zug wiederfand, die schlichte Tatsache dieses Fadens in einem der Passagiere, diese Tatsache, die weder Beweis noch logische Folge, die weder Wort noch Bild war, die jedoch, da sie in Boa Mortes Geist existierte, ihn in den Schlaf wiegte und ihm den Schlaf brachte, was er draußen sah, sah ihn, und auch wenn es nicht die Last ahnte, die er trug, war Boa Morte ein müder alter Mann am Fenster, aber auch ein Windhund auf der Jagd nach dem Hasen, ein reicher Mann auf der

Suche nach dem Nadelöhr, ein Generalschlüssel, ein Finger direkt auf dem Abzug.

Nichts von dem, was ihn von der anderen Seite der Scheibe sah, war von großem Wert. Der immer dichter werdende Wald, Algueirão, Mem Martins, Rio de Mouro. Manchmal schlief er auch ein in dem Zug, der ihn dann zurück zum Rossio brachte, ohne dass er bemerkt hatte, in Sintra angekommen zu sein. Daraufhin gerieten die Richtungen in seinem Geist durcheinander, er hatte nicht gesehen, wie sich der Nebel über den Hochhäusern verdichtete, hatte den bleiernen Ring über dem Pena-Palast nicht gesehen, der manchmal das Gebirge verhüllte und bei anderen Gelegenheiten das Feuer, das die Bäume rings um die Felsen in Brand setzte, er sah den Nebel erst, wenn er langsam erwachte, auf dem Rückweg über den Dächern der einzugsfertigen Häuser in Mercês, Bestien, die die Ufer bedrängten, zwischen denen sich die Bahnlinie – eine erschrockene Meeresbucht – rasch, vielleicht angstvoll, vielleicht schüchtern, davonmachte.

Dann immer weiter das Gleiche. Die Welt draußen sah ihn. Die Landschaft in den Bahnhöfen, Ansichten vereinend, Gesichter aus Stahlbeton, Aluminiumfratzen, provisorische Nasen, Gemüter mit verglasten Balkonen, Haare ohne Grünflächen, Menschen, an die niemand gedacht hatte, ungeordnete Seelen, wer wusste schon, ob das, was er sah und was ihm gut und beschaulich vorkam, eines Tages pittoresk sein würde.

Das Gefühl, dass irgendetwas alles zusammennähte, dass er in seiner Tasche die Nadel trug, die alle Teile der Großstadt zu einer Decke zusammenfügte, dieses Gefühl verblasste. Ihm war warm, er fühlte sich getröstet, fast glücklich in dem Waggon, aber was Geist gewesen war, war auf der Rückfahrt nach Lissabon nun Magen. Er hatte Hunger, Hals und Beine schmerzten ihn, seine Aufmerksamkeit kehrte zu den Gebärden des Fahrkartenkontrolleurs zurück, den er vergessen hatte, und das Bewusstsein, wer er war, das ihn bis Sintra verschont hatte, überkam ihn in seinem Körper, seiner Seele. Die anderen fielen ihm wieder ein, Vando, Florinda, Jardel, Vítor, Aurora, Joana, was werde ich zu Abend essen? Der Zug war in den Tunnel eingefahren – der Rossio in Sichtweite, die Dunkelheit, ehe die Lichter wieder eingeschaltet, der Vorhang hochgezogen wurde. Der Zauber der Fahrt, das Verlassen des Körpers, waren vergangen. Er stieg aus dem Zug und verließ den Rossio-Bahnhof, noch mehr am Ende, noch mehr Boa Morte, der Geruch der Bifanas aus der Kneipe an der Ecke erinnerte ihn daran, dass er kein Geld hatte, das Verlangen, in den Waffenladen einzubrechen und ein Gewehr zu stehlen, in die Kneipe einzudringen und für ein Brötchen mit Fleisch zu töten, es stach ihn der Nabelbruch, der sich meldete, sobald er sich auf der Straße wiederfand. Von Linien keine Spur, Hunger. Keine Lösung, für kein unergründliches Problem, Nacht.

Ich bin von Vandos Jugend ganz geblendet, Kind. Ich schaue ihn lange an. Gott, wie das schmerzende Leben, das aus seinen Augen leuchtet, mich wieder erweckt. Florinda und er, sie turteln, hier ein Kuss, da ein Kuss. Sie nehmen mich auf die andere Seite meiner Tage mit, wo ich mich vor dem Moment fürchte, an dem es Zeit ist, ins Bett zu gehen. Leben, ohne Angst davor zu träumen.

Ich lege mich nieder, bette meinen Kopf auf das Kissen, Nacht für Nacht heißt träumen, ein Paket zu öffnen. Nie weiß ich, welches Los sich darin befindet. Ob es das Grab für meine Beerdigung ist, die blutbefleckten Hände deiner Mutter, die Geier über dem Dorf nach dem Gemetzel, mein Tiergesicht, dein leerer Blick, meine kaputten Zähne. Ich schließe die Augen und denke an die beiden, an Vando und Florinda. Meine Schutzengel, ihre Gesichter geben mir Halt. Vor dem Einschlafen bete ich nicht zu Gott, sondern zu ihrer Jugend, der ich meine Träume anbefehle. Was habe ich schon, was ich ihnen, was ich dir hinterlassen könnte, wenn ich Sklave dieses Lichts bin, das ihre Augen mir schenken und das mich nährt? Wenig oder nichts. Ich mache mich zu einer Bohnenpflanze, lasse sie mich begießen, wachse ein Stück. Ich könnte den ganzen Tag lang das Lied von dieser Zukunft singen, die Vando und Florinda mir bringen. Aber es ist keine Sehnsucht nach meiner Jugend. Sehnsucht macht mich nicht nass, macht diesen Mantel nicht nass. Meine Zeit ist vorbei. Ich lebe mit ihnen in ihrer Zeit. Das Licht in ihren Augen, so viel Licht, dass ich mich beinahe lebendig fühle.

Ein finsterer Mann geht vorüber, ein Feind. Böses Gesicht, die Nase gerümpft. Er sieht mich nicht an, aber mich schaudert. Er ist wie eine drückende Wolke, aus der es nur in meiner Straße regnet. Oder ein Sonnenstrahl, der nur ein einziges Fenster eines einzigen Autos erhellt. Da bin ich, vor den spiegelnden Frontscheiben der aufgereihten Wagen. Meine Erscheinung zieht in ihnen vorüber, während ich die Straße hinunterlaufe. Ich gehe, und sie machen aus mir viele, von Scheibe zu Scheibe, von Wagen zu Wagen. Ich bin hundert Einweiser und nicht einer, bin hundert Schwarze, die den Moment verpasst haben, nach Hause zurückzukehren. Ich lausche dem Gespräch des Liebespaares an der Ecke. »Wenn du mich nicht liebst, dann lass mich in Ruhe.« Ich behalte ihre Worte für den Rest des Tages im Ohr. Ihre dünne Stimme, ihre Eifersucht begleitet mich und kitzelt mich in der Seele. Ich möchte ihr ins Ohr schreien: »Kinder, ihr müsst das Leben genießen.« Die Freundin weint; ihr Schmollmund, ihr zärtliches Gesicht versüßen mir meine Woche. Der kleine gelbe Vogel meines ersten

Morgens setzt sich auf das Auto. Es ist der Chiado, und sein Gesang führt mich nach Evale, zu mir auf der Schlafmatte. Ich sehe weder meine Mutter noch meinen Cousin Mendes. Die Vergangenheit ist hinter dem Wandschirm, aber ich setze mich auf den Boden und strecke meine Beine aus. Ich lausche dem Gezwitscher des Vogels und fahre zur See. Der Morgen ist neblig, und nur der klagende Gesang des kleinen Vogels weckt die Straße.

Zwei Liebende verzehren einander beim Fahrstuhl von Santa Justa. Ich hatte sie bereits in São Pedro de Alcântara gesehen. Zwei weitere ohne Zuhause. Er ist noch bartlos. Sie neben ihm sieht aus wie ein kleines Mädchen. Zwei Kinder, Kandengues, die die Stadt entdecken, ja, sie, die Liebenden, sind die Entdecker unserer Zeit, ich erfinde Namen und Alter für sie, sie geben mir mein Staunen zurück.

Wenn Leute sich unterhalten, lausche ich ihrem Gespräch, oder es ist der Fahrkartenkontrolleur, der kommt, aber ich steige an der nächsten Station aus oder halte mir den Bauch, tue so, als wäre ich krank, er denkt, ich sei ein Bettler, und heißt mich aussteigen, ohne mir eine Geldstrafe aufzubrummen. Im Sitzen finde ich, auch wenn ich hungrig bin, einen Platz für meine Ideen. Ich komme in Sintra an, fahre zurück, schlafe auf dem Rückweg meist ein. Mein Unglück schlummert. Ich nicke ein, allein, in der Gesellschaft der anderen. Ich träume von Linien und Kurven, von Bildern, die mir nicht aus dem Kopf gehen wollen, von geraden Linien, schrägen, Landkarten, Schienen, ich weiß nicht, woher, ich weiß nicht, wohin.

Vor einiger Zeit stand Jardel ganz zerbissen vor der Tür von Dona Idalinas Haus. Hurra, Aurora. Die Muttergottes hat diesen ihren Sünder erhört. Ich hätte nie gedacht, dass einen Hund wiederzufinden mich so glücklich machen würde, glücklicher als ein Lottogewinn, ich habe am ganzen Leib gezittert, habe das Tier geküsst und Gott für meinen Freund gedankt.

Die Autos fuhren die Straße hinunter. Aneinandergeschmiegt lagen Boa Morte und Jardel am Boden wie zwei Kinder in der Babyklappe. Das Alter des Theaters offenbarte in dem daneben schlafenden Mann einen Jungen ohne ein Zuhause, in das er hätte zurückkehren können. Die Glastür des Gebäudes, die ihm eine Ahnung von Sicherheit in Erinnerung rief, war der von dem Geflüchteten gewählte Ort, seinen Schlaf in der Stadt zu behüten. Die Fassade des Gebäudes gemahnte Boa Morte an eine schützende Hand, obwohl er es war, der sie zu bewachen hatte. Doch was ist ein Wächter, den niemand um seine Bewachung gebeten hat? Das São Luiz beschützte Boa Morte in der Nacht, so wie wir die vor langer Zeit erbauten Dinge beschützen, auch wenn er das Gebäude nur selten betrat. Zu Füßen des Theaters liegend, die Arme hinter dem Kopf verschränkt, die Schnauze des Hundes an seine Brust geschmiegt, die Augen geschlossen, Regisseur ohne Eintrittskarte an der Tür zurückgelassen, schlief Boa Morte den Schlaf der António Maria Cardoso und träumte die Träume der Straße, in der er schlief.

Sie saßen an der Haltestelle der Straßenbahn 28 und unterhielten sich, Fatinha und er, unterhielten sich über Dinge, die Boa Morte nicht sehen konnte.

Kleine Spinnen in einer Schachtel, einen Haarreifen, den jemand hatte fallen lassen, Kleider, Haarnadeln, Stolen, Kaffeelöffel, rußige Bratpfannen. Oder Erinnerungen, vielleicht nur eingebildete, an eine Tante, eine Patentante, eine Schulfreundin: »Ich habe mich keiner anderen Freundin je anvertraut, Senhor Boa Morte, und erst gestern ist sie hier vorbeigekommen, hat mich angesehen und das Gesicht abgewandt. Vor ein paar Tagen hat mir eine sehr alte Dame ein Sandwich und eine Flasche Wasser geschenkt. Sie ist zu mir gekommen und hat sie mir gegeben. Sie hat nichts zu mir gesagt. Es muss Mariana gewesen sein, die ihr gesagt hat, wo ich lebe. Seit ich hier bin, habe ich schon viel geschenkt bekommen, Senhor Boa Morte«, sagte Fatinha und senkte den Blick. »Sie ist hier vorbeigekommen und hat das Gesicht abgewandt, Senhor Boa Morte. Ich weiß nicht, ob sie mich gesehen hat. Ich habe ihr Gesicht gesehen, wir sind zusammen in die Oberschule gegangen. Ich glaube, sie hat mich gesehen. Ich habe von einem Vogel groß wie ein Hubschrauber geträumt, der mich in den Kopf pickte, das war gestern. Es war nicht hier. Eine elektrische Möwe. Träumen Sie oft vom Krieg, Senhor Boa Morte? Der Krieg findet auf dem Grund der Flüsse statt. Hier im Chiado gibt es nur Wald, so weit das Auge reicht. Ich traue mich nicht ins Bairro Alto, ich habe Angst vor den Wölfen. Aber die kennen mich. Sie wissen schon, dass es sich nicht lohnt.«

Bei ihren seltenen Ausflügen in die Gegenwart wurde Fatinhas Stimme weniger kindlich. In solchen Momenten war sie nicht imstande, ihm ins Gesicht zu sehen. Sie dauerten zehn, fünfzehn Sekunden, dann kehrte ihr Blick in ihre Fantasiewelt zurück, und sie sah Boa Morte wieder an wie eine Prinzessin einen Frosch.

Der alte Mann bewahrte sich diese lichten Momente wie das Kleingeld in seinen Taschen, das er beim Autoeinweisen verdiente. In diesen Gesprächen an der Grenze der Vernunft wurde Boa Morte erstmals zu Fatinhas Familie. Er liebte sie, wie man die Spuren eines Vermissten liebt, mit der gleichen Hingabe, mit der sie im Müll nach ihren Schätzen suchte.

Wenn sie wieder in ihre Fantasiewelt zurückkehrte, waren ihre Augen, ihr ganzes Antlitz, da, ohne da zu sein. Für ihn unerwartet, änderte sich ihr Gesichtsausdruck. Mitten im Lächeln begann sie zu weinen, ohne um Hilfe zu bitten oder zu sagen, was nicht stimmte. »Mir ist kalt, Senhor Boa Morte.« Ihr Schmerz war nichts, über das sie hätten reden können, es war vielmehr ein Schmerz, der sich in dem festgesetzt hatte, was Fatinha ausmachte, der vermittels ihrer weinte, der vermittels ihrer Seele litt, ein Mensch, der in sich einen anderen Menschen birgt, der in dessen Körper und Geist seinen Schutzmantel findet.

Der Schmerz brannte in Fatinhas Magen und entflammte ihr Gesicht. Die Augen, die Boa Morte eben noch sanft und freundlich angeschaut hatten, witterten

Gefahr, und angesichts der Bedrohung deuteten das Gesicht, die Hände, der Körper der Frau auf einen schwankenden Horizont, die Arme, der erste Teil von ihr, der sich verabschiedete, gewannen eine Seele, reckten sich entrückt zitternd und tanzend in die Höhe, und die dem Gesicht entfremdeten Augen waren statt aufmerksamer Beobachter zwei leblose Höhlen, in die Boa Morte blickte. Wie Ratten das Schiff verlassen, rannten die Augen der Frau vor dem Brand davon, das Licht mit sich nehmend und die Asche zurücklassend. Fatinha wusste, dass die einzige Möglichkeit, nicht Feuer zu fangen, darin bestand, ihren eigenen Tod herbeizuführen, sie konnte nur nicht erklären, warum.

Auch Fatinha liebte Boa Morte bei diesen Gesprächen. Ihn zu lieben hieß, dafür zu sorgen, dass er sie auf ihrem Weg behütete, auch wenn sie nicht merkte, dass sie sich verirrt hatte. »Mir ist kalt, Senhor Boa Morte.« Wenn Fatinha ihn »Senhor« nannte, wusste Boa Morte, dass sie nahe war.

Äußerlich war sie noch immer eine Frau, war sie noch immer Materie und mit dem Boden verhaftet, aber ihr Kopf schwebte wie ein Ballon, den Boa Morte nicht zu sehen vermochte.

Am Morgen konnte er in den stumpfen Scheiben der Autos sein Spiegelbild nicht finden. Das São Luiz hatte geschlossen. Nur Boa Morte, der Wächter, war auf der Straße, keine Menschenseele kam vorbei.

Er war der einzige lebendig Anwesende, der einzige Mensch auf den Beinen. Der Autoeinweiser richtete sich vor der Tür des Theaters auf und rieb sich die Augen, um die anderen besser sehen zu können. Sie glitten die Straße hinauf. Sie waren nichts als Haut und Knochen, lichtdurchdrungen, im Schlafgewand, starren Blicks.

Sie marschierten die leere Straße hinunter. Boa Morte stand auf und tat einen Schritt, wich jedoch gleich wieder zurück und blieb stehen, um das Gefolge zu beobachten.

Einer von ihnen, ein grauer Geist, hob die Hand, als er an ihm vorüberkam. Boa Mortes Hand salutierte und winkte ihm zu. Der andere hob abermals seine graue Hand, hielt jedoch auf halber Höhe inne: die Hand eines lebenden Mannes, die vor der Hand eines Toten schwankt, oder der schweigende Dialog der Hände zweier Gespenster. Obgleich es viele waren, zog das Gefolge schweigend weiter. Sie hatten untereinander keine Ähnlichkeit, Männer, Frauen, Junge und Alte, Rauchgesichter. Nur ihr Schlafgewand war gleich: eine schmutzige weiße Hose, ein zugeknöpftes Hemd. Barfuß, ungekämmt. Sie sahen zwar nicht aus wie Gefangene aus ein und derselben Familie oder wie Männer und Frauen aus ein und derselben Zeit, sondern wie Bienen, die aus demselben Bienenstock vertrieben worden waren, vertrieben, aber besänftigt. Zwanzig, fünfundzwanzig, dreißig, der Autoeinweiser zählte sie und verlor den Überblick. Taumelnd spähten sie durch die Scheiben der Autos, blieben mitten auf der Straße stehen, erst einer, dann alle, sie gähnten, rieben sich die Augen, reckten und streckten sich, erst einer, dann noch einer, dann alle, Teile eines Räderwerks.

Als sie am Largo do Chiado ankamen, zerstreuten sie sich und mischten sich unter die Leute, einige gingen die Treppe zur Metro hinunter, unterwegs nach anderswo, andere traten in die Cafés, wieder andere setzten sich auf deren Außenterrassen. Irgendjemand hatte auf der Baustelle eine Tür geöffnet: Gehet hin und vermehret euch. Die an den Häusern der António Maria Cardoso entlangziehenden Schatten des Gefolges unterhielten Boa Morte. Sie zogen vorüber, ohne einen Abdruck zu hinterlassen. Er sah sie, aber der einzige erkennbare Schatten war sein eigener.

Sie steckte die zerknüllte Seite einer Zeitung in die Mülltüte. Hob die benutzten Fahrkarten vom Boden auf und verwahrte sie in ihrem Lumpenbündel oder warf sie hoch in die Luft. Reihte abgebrannte Streichhölzer auf der Bank an der Haltestelle auf, während sie mit einem Stück Draht in den Zähnen stocherte. Kratzte sich das kurze, an den Spitzen verbrannte Haar. Pulte sich den Schmalz aus den Ohren und leckte sich, ein naschhaftes Lächeln in den Augen, die Finger. Lachte grundlos, legte sich mit zugedecktem Gesicht nieder, den Kopf auf einen Karton gebettet. Erschöpft sah Fatinha die Gemeinde vorbeiziehen: der Trott einer Flamingokolonie. Sie war der einzige schwarze Punkt in der Landschaft, der sich von dem tonroten Rosa des Palastes und den Schattierungen der Touristen rings um sie herum abhob, Farbtupfer, die sie mit einer Mischung aus Erstaunen und Abscheu anblickten, während sie in ihre Mobiltelefone hineinsprachen. Sie belegte einen Platz für drei und vergraulte die Leute mit Komplimenten und Bitten, schrillen Kusshänden, erschreckte die Mädchen, indem sie ihnen schreiend an den ahnungslosen Rücken fasste. Sie wartete nicht auf die Straßenbahn, aber sie hatte die Geduld eines Mädchens, das den Erwachsenen abhandengekommen war. »Liebes, kaufst du mir ein Glas Milch?« Sie sah aus, als wäre sie geradewegs einem Haufen verfaulter, in Patschuli getauchter Kohlköpfe entstiegen. Die schwarzen Lumpen, die sie bedeckten, bauschten sich über den Straßenbahnschienen wie die Schleppe einer alten Dame in Trauer, der nur noch der sich über ihrer Schulter drehende Sonnenschirm fehlte. »Weg da!«, riefen sie ihr aus einem Auto zu. »Liebes, kaufst du mir ein Glas Milch?«

Barfuß geht sie auf Zehenspitzen die Calçada do Combro hinauf. Die Nägel schwarz, eingewachsen. Die Knie zerkratzt, die Haut trocken, das schmutzige Haar verströmt einen üblen Geruch auf dem Bürgersteig. Sie wirft der Straßenbahn und den Leuten, die aus den Cafés auf die Straße hinaustreten, um sie vorbeifahren zu sehen, Kusshände zu. »Liebes, kannst du mir ein Glas Milch besorgen? Eine Zigarette?« Irgendwann ist sie den steilen Weg leid. Sie ist nackt, der Bauch faltet sich über dem Schambein. Sie reckt sich. Bleibt dort stehen, leckt sich die Hände, trägt den Geruch der Achselhöhlen in die Nase, streichelt ein Baby, das niemand sieht, stillt es mit mütterlicher Sorgfalt. Unter lautem Gelächter beschnüffelt sie sich, brüllt, stöhnt und beginnt, die Arme in den Himmel reckend, vor Verzweiflung zu weinen.

Der Besitzer des Cafés auf der gegenüberliegenden Straßenseite rief die Polizei. Sie wehrte sich nicht. Sie weinte nur, nackt und verloren, ohne auf die von ihr zurückgelassenen Pappkartons zu schauen. Sie zitterte vor Kälte. Man hüllte sie in eine Decke. Brachte sie in das Gesundheitszentrum und duschte sie. »Ich habe kein Zuhause, meine Eltern haben mich auf der Straße ausgesetzt. Ich würde gerne zu einem Jetset-Empfang gehen, nehmen Sie mich in Ihrem Wagen mit? Oder mit den Delfinen schwimmen, oder eine Freundin finden. Eine zwanzig Jahre alte Freundin, so wie ich, können Sie mir eine Zigarette besorgen?« Sie verbrachte Monate im Hospital Miguel Bombarda. Bei ihrer Rückkehr war sie dicker und der Welt noch ferner. Sie setzte sich an die Haltestelle, Boa Morte war ebenfalls verschwunden, und erst Monate später sahen sie sich wieder.

Wenn mich doch dieses Wasser bis ins Mark reinwüsche, Aurora. Aurora? Welche Aurora? Wenn doch Meerwasser in meinen Adern flösse anstelle dieses kranken Blutes. Ein Tier mit Wasseradern, Bächen anstelle von Arterien, einem Wellenwerfer anstelle des Herzens.

Es gibt Momente, in denen ich meinen Körper vergesse. Ich zerberste auf der Straße, der Krach schießt mich zusammen, ich bin überall verstreut. Gebäude, Autos, Menschenscharen haben mir meine Seele genommen. Ich bin der Wind an der Ecke, eine Gestalt.

So viele Gesichter, ich vergesse meinen Namen. Boa Noite? Gute Nacht? Senhor Anteontem? Herr Vorgestern? Bom dia? Guten Morgen? Boa Viagem? Gute Reise? Der Stift rutscht mir aus den Fingern. Ich kleckse die Blätter voll, die Hände, zerreiße die Seite, aber mein Herz zerreißt nicht. Gerne würde ich weinen, strömend wie ein Fluss, aber ich bin verdorrt. Die Wahrheit ist, dass ich wie eine Biene den Nektar der Jugend sammle, doch der Nektar wird mir im Magen sauer. Mein Vando, meine Fatinha, ihre Süße versüßt nicht mein Inneres. Ich trinke Honig, schwitze Essig.

Duschen mit dem Schlauch, Abertausende von Wasserfällen, nichts wäscht mich rein, und ich will es auch gar nicht. Ich schlafe in meinem alten Geruch, träume, dass ich töte.

Todesmutig und verroht, wie ich bin, weine ich nicht. Ich büße allein. Ich wünschte, ich hätte den Mut, den Namen Aurora auf all diesen Seiten durchzustreichen. Keine Aurora. Niemand. Nur mein Hund. Dieser Kohl, Blätter, die ich, wenn ich will, jetzt auf der Stelle mit einem Streichholz verbrenne. Es würde reichen, mir das Messer, das ich dort liegen habe, in den Bauch zu rammen. Hauptmann aus dem Busch, weine ich nicht. Diese Papiere verbrennen. Demnächst, Senhor Boa Noite. Niemand hat mich auf mein Gesicht vorbereitet. Hätte man mich gewarnt, man würde mich heute nicht hier antreffen. Ich bin entsetzlich, mein Kind. Das ist die Wahrheit. Aurora, ich bin entsetzlich. Mach den Mund auf, Kind, rede mit mir. Antworte. So sag doch etwas.

Die Liebespaare sind im Auto sitzen geblieben, haben Zeitung gelesen, geraucht und Limonade getrunken. Sie machen das Auto zu ihrem Wohnzimmer, und, schaut an, ihr meine Blätter, sie haben sich euren alten schwarzen Mann zum Anblick gewählt. Sie parken das Auto und verbringen dort ihre Zeit wie ein Ehepaar im Sessel. Sie reden wenig oder quasseln ohne Unterlass, lesen Zeitung, sie zieht die Strümpfe aus, er massiert ihr die Füße. Dieser Moment ist so kostbar, dass sie einander sogar vergessen. Oder sie drückt ihm einen

Pickel auf der Stirn aus, er fährt ihr mit den Fingern durchs Haar. Sie betrachtet sich im Spiegel und malt sich die Lippen an. Er verschmiert ihr den Lippenstift. Die Fenster sind geschlossen, sie sind inbrünstig miteinander verbunden. Ich beobachte ihr Schweigen, das mich ruft, und gehe langsam davon, ohne mich umzudrehen, denn ich fühle mich nicht würdig, Zeuge davon zu sein.

Sie haben in der Straße ein schlecht geparktes Auto zerstört. Bis zum Príncipe Real ist der Verkehr völlig zum Erliegen gekommen, genauso wie ich. Ich spüre jeden Fußtritt gegen das Auto in meiner Brust. Ein neues Auto, ein schönes Auto, vollkommen zerstört, vollkommen demoliert. Der Hass dieser Vandalen gegen das Auto, womöglich war es einfach nur die Lust an der Zerstörung, das Verkehrsproblem schon vergessen. Lust an der Zerstörung, Aurora, der Krieg in ihren Augen, ich habe ihn gesehen, mein Kind, und ich weiß, wovon ich spreche. Sie brüllten wie Tiere, eine Bande von Unruhestiftern. Ich habe mich alt gefühlt, sah mich schon zusammengeschlagen am Boden liegen, auch wenn ich Blut kenne. Ich bin zu alt für das Blut, das ich in meinem Leben kennengelernt habe. Mein Herz kann den Mann, der ich gewesen bin, und das, was er gesehen hat, nicht länger ertragen. Der Krieg, den ich heute gesehen habe, erschreckt mich. Im Angesicht meiner Kraft werde ich zum Kind. Ich weiß nicht einmal, ob das, was ich dir hier schreibe, einen Sinn ergibt, verzeih mir, wenn es wirr ist. Ich hatte das Gefühl, die Uhr würde sich zurückdrehen, Aurora.

Als wir jung waren, hat mir deine Mutter immer die Füße gewaschen und mich rasiert. Dieses Bild habe ich jetzt kurz vor dem Einschlafen oft vor Augen. Ich sehe ihre Hände, ihr Dekolleté, ich erinnere mich an das Gefühl des lauwarmen Wassers an den Füßen, im Gesicht, am Hals. Ich werde diese Erinnerung nicht weiter ausführen, mein Kind, du sollst nur wissen, dass ich mich von ihr, von dir bewohnt fühle. Ich weiß nicht, wie es dir heute ergeht, aber das Bild deiner Mutter, als sie jung war, ist das deines Gesichts, das Bild, das mich begleitet, während ich dir schreibe. Vando hat mir ein Foto von seiner Adoptivfamilie geschenkt: Mutter, Vater, Geschwister und dazu noch zwei Cousins. Gute Menschen, habe ich gedacht, aber wer bin ich, über wen auch immer zu urteilen? Er hat mich gebeten, das Foto aufzubewahren, und ich habe es hier zu den Papieren gelegt, ich passe darauf auf.

Viele Tage, ohne zu schreiben, ohne den Kopf zu heben. Ich habe die Stadt dort unten Stadt sein lassen, obwohl ich den lieben langen Tag gearbeitet habe. Manchmal vergeht der Alltag mit mir als Totem, und ich lebe nicht in dem, was ich erlebe. Ich nehme den Geruch der Morgen nicht wahr, bemerke nicht das Vorüberziehen der Wolken, die Zeit zieht an mir vorbei, ohne mit mir zu sprechen. Ich brauche keinen Anlass, um mit den Papieren weiterzumachen, aber sie verlangen von mir, dass ich lebendig bin, wenn ich den Stift ansetze. Dann wünsche ich mir etwas anderes, auch wenn ich es nicht kann. Wünsche mir, die Feder möge an diesen Tagen, an denen ich mich wie ein lebender Toter fühle, meine Ohnmacht und nicht nur den Augenblick aufzeichnen, in dem mein Herz kraftvoll schlägt. Ich schreibe nicht für dich, mein Kind, sondern um in mir zu lesen, und ich schäme mich dafür, meine Hand, den Stift auf dem Blatt kreisen zu sehen. Was ich wahrhaft gern lesen würde, ist nicht die Klage über mein Leben, sondern den Brief meiner Ohnmacht.

Es scheint mir ein schönes Bild zu sein, der alte schwarze Penner vom Parkplatz, wie er auf der Straße liegt, auf den Straßenbahnschienen, tot, die Arme ausgestreckt, mitten am Nachmittag, und niemand, mein Kind, keine Menschenseele, kommt mir zu Hilfe oder hebt mich vom Boden auf.

In der Zeit, in der ich diesen Seiten ferngeblieben bin, habe ich mich gefragt, was mich dazu bringt, von Zeit zu Zeit »mein Kind« zu schreiben. Dein Name gibt mir meinen Rhythmus vor. Aber nicht, weil ich mich an dich wende, im Grunde weiß ich, dass ich mit mir selbst spreche. Allein dein Name, die Vorstellung von dir, ist mein Lebenshauch. Du, mein Kind, bist mein Komma. Ich mache mit den Papieren weiter, auch wenn Monate vergehen, in denen ich nicht schreibe, so wie jetzt, und ich hier und da Dinge bemerke, die für andere vielleicht nichtssagend sind, mich aber mit Leben erfüllen, wenn ich mit der Metro fahre und zwischen den Stationen in den Tunnel schaue.

Gestern hat Vando mich »Papa« genannt. »Du musst dieses Andenken an meine Herzensfamilie aufbewahren, Papa Boa Morte.« Ich war sprachlos, Aurora. Ich habe den Starken gespielt, aber innerlich habe ich geweint. Um dich, mein Kind, das ich mein ganzes Leben lang vermisst habe, habe ich geweint. Um dieses miese Leben, das mich zu dem alten Herrn von diesem Drogensüchtigen gemacht hat, mich, Aurora, der nicht den Boden verdient, auf dem er geht, der auf Knien durch die António Maria Cardoso kriechen müsste, anstatt dort wie ein schwangerer König zu wandeln.

Der Gemüsegarten hat uns die ersten Kürbisse beschert. Vando hat sie mitgenommen, um sie zu verkaufen. Vor dem Einschlafen musste ich an den Spaziergang mit Fatinha von neulich denken. Gestern sind mir die Worte deiner Mutter wieder eingefallen: »Dein Problem ist, dass du dich auf einem Irrweg befindest, Boa Morte, du wirst nie Portugiese sein, die Weißen haben dich benutzt, so wie sie unsere Landsleute benutzt haben.« Ich kann mich noch daran erinnern, was es an dem Tag zum Abendessen gab, was sie anhatte, ein leichtes, hellgrünes Kleid. Eine Minute später habe ich deine Mutter mit dem Gesicht auf die Tischplatte gestoßen. Ich habe sie an jenem Abend nur nicht getötet, weil der Nachbar dazukam.

Der Nachbar sah mich an, sah deine Mutter am Boden liegen, sah das Blut auf ihrem Kleid, das Blut auf dem Tisch, das Blut an meinen Händen. Der Nachbar ging wieder. Sie ist dann allein zu ihrer Tante gelaufen, die Nacht von Bissau ist dunkel und gefährlich, erst recht in jener Zeit. Sie ging, als ich schon mit dem Essen fertig war, ich habe vor den Augen deiner Mutter das Abendessen aufgegessen, das sie gekocht hatte, und sie dabei angeschaut. Ich habe gegessen, getrunken, sie hat blutend am Boden gelegen, ich habe zu Abend gegessen, und am Ende hat sich dein Vater den Mund mit der Serviette abgewischt. Ich habe ihr gesagt, sie solle auf der Straße schlafen. Deine Mutter ist mit ausgerenktem Kiefer und mit dir auf dem Rücken zu ihrer Tante gelaufen, die sie ins Krankenhaus bringen musste, das vier Kilometer entfernt war. Ich habe sie nie wieder gesehen, bis heute nicht, und auch dich habe ich nie wieder gesehen. Ich habe Angst vor diesem Mann, vor dem Mann aus jener Nacht, und gleichzeitig weiß ich, dass ich imstande wäre, alles noch einmal genauso zu machen.

Portugal. Wie soll ich dir, mein Kind, erklären, dass das meine Heimat ist, ohne dein Herz zu verletzen? Die Heimat eines Mannes ist das Land, das er bestellt, das Land, für das er tötet, und ich habe für Portugal getötet, bevor ich die Straßen von Lissabon kannte.

Die Augen der Männer, denen ich das Leben genommen habe, ihr Blut an meinen Händen, das Mitgefühl, das ich für sie nicht verspürt, das Blut, das ich vergossen habe, ein blind geleisteter Eid für mein Heimatland, das ich nie betreten habe. Nach dem ersten Mann kam ein weiterer und noch ein weiterer. Portugal ist im Busch in mir gewachsen, der Grund für meinen Eid.

Meine Heimat hat mir einen lumpigen Platz reserviert, aber ich habe meinen Posten hingenommen, wie ein Sohn Gottes seinen Anteil an der Ernte hinnimmt. Ein Sohn sucht sich seinen Vater nicht aus, ich habe mir mein Land nicht ausgesucht. Ich habe wie ein Wahnsinniger getötet. Mit jeder Leiche habe ich mich Portugal hingegeben. 1979 bin ich nach Lissabon gekommen, ein Soldat, der heimkehrt in das Haus seines Vaters, das Gesicht meines Vaters sind diese Straßen, durch die ich heute laufe. Am Tag meiner Rückkehr war der Tisch meines bettelarmen alten Vaters nicht gedeckt, und es hatte ihm auch niemand Bescheid gesagt, dass ich komme. Trotzdem hat er mir einen Teil seines Landes überlassen – die Rua António Maria Cardoso –, um es mit meinen Händen zu bestellen und meine Ernte einzubringen.

Wenn ich den ganzen Tag lang durch die Straße laufe, spüre ich, dass nicht Brosamen mein Lohn sind, sondern die große Stadt. Ich bewege mich als vollwertiger Bürger, auch wenn man mich für einen Penner hält. Ich gehe wachen Sinnes weiter.

Meine Landsleute, deine Mutter – für sie bin ich vielleicht ein Verräter. Gott dort oben in der Höhe hat mich vielleicht vergessen. Wenn ich ein Verräter bin, dann ist es wie bei einem Mann, der geschworen hat, zu sterben, um seinen alten Vater zu retten. Es sind nicht die anderen, die meine Gefühle verstehen müssen. Bei meiner Ankunft hat mein Vater mir die Tür geöffnet, aber er hat mich nicht erkannt.

An Tagen, an denen es regnet und wenig Verkehr ist, wenn die António Maria Cardoso ganz allein mir gehört, fühle ich mich in der Welt zu Hause und lasse mich treiben. Der Regen wäscht mich und lässt mich am Ende verzagen, ich falle auf diesen Boden, der so hart ist wie der Boden Kap Verdes, wie mein alter Freund Pompeu, der sich immer an die tote Erde seiner Insel erinnert, in der kein Samen keimt. Der Geruch des nassen Asphalts erfüllt die Straße, hüllt mich ein. Ein Auto fährt vorüber, noch eines, ich frage nicht, ob es parken möchte.

Die Autos fahren vorüber, und ich liege im Regen. Jeder hat eine Bestimmung. Wenn ich nicht zum Chiado zurückkäme, würde der Chiado nicht nach mir suchen. Ein Auto fährt vorüber, zwei, Gott hat mich hier abgestellt, aber trotz all des vergossenen Blutes fühle ich mich nicht verlassen. Das ist meine Strafe.

Ich bin mit meinem Bauch an diese Straße gefesselt, bin ein an den Pfahl geketteter Hund. Ich könnte von meinem Posten fortgehen, aber der Hunger fesselt mich. Mein Brot und mein Wasser bringen mir Gelassenheit in einem Gefängnis unter freiem Himmel. Aber den Hunger einmal beiseitegelassen, ist meine Heimat die Kette, die mich fesselt, eine Kette, die ich nicht zerreißen kann, die ich an meinen Nabel gefesselt bei mir trage. Ich bin ein Gefangener, der frei herumläuft, gefangen von der Erde, auf der ich gehe, der Erde, die mein Vater mir gegeben hat. Ich bestelle meine António Maria Cardoso zu Ehren meines alten Vaters, der nicht mehr die Kraft hat für die Arbeit auf dem Land.

Wir sind zur Praça da Figueira gegangen, um die Tauben aufzuscheuchen. Fatinha und ich, wie zwei Kinder. Sie hat ihren Rock geschüttelt, ist gehüpft, noch nie habe ich meine Freundin so aus vollem Herzen lachen sehen, und die Tauben flogen davon. Es gibt solche Momente, in denen es scheint, als würden nicht wir sie erleben, sondern als sähen wir jemand anderem dabei zu, wie er sie erlebt. Es ist ein bisschen so, wie dir, Aurora, in der mir noch verbleibenden Zeit zu schreiben. Ich schreibe dir und sehe mich, wie ich dir schreibe, sehe diesen Mann, meinen Schatten, im Bett, wie er schreibt und schreibt. Wer ist dieser Mann an meiner Wand, diese geheimnisvolle Gestalt, schwarz wie die Nacht? Mein Schatten, für den ich Freundschaft empfinde, der mir Gesellschaft leistet und mich versteht, der mich nie verlässt. Fatinha scheucht die Tauben auf, rennt, tanzt mit ausgebreiteten Armen über den Platz. Jardel bellt den Wind an. Ich habe mich davongestohlen und die beiden vom Denkmal aus beobachtet. Sie sind das, was ich in diesem Leben habe.

Ich studiere Gesichter, Namen, Autos, die Türen, durch die Menschen gehen, die Art, wie sie sich kleiden. Manchmal mache ich mir eine Skizze von ihrem Profil, um mir die Gesichter zu merken. Ich weiß, dass Menina Joana um halb sechs das Café vom Theater betritt und dass Carlos in der Brasileira immer einen verlängerten Espresso bestellt. Ich weiß, dass Menina Rosália gegen elf, Viertel nach elf am Largo do Carmo spazieren geht, und Menina Amélia steht immer am Fenster und sieht den Leuten zu, die vorübergehen. Ich weiß, dass Menino Zé Carlos keinen Birnennektar mag. Weiß, dass Menino Vítor um halb acht mit dem VW eintrifft, nachdem er den kleinen Paulinho abgeholt hat. Der kleine Paulinho ist im vergangenen Juni drei Jahre alt geworden, er ist der zweite Sohn, sein Bruder ist bereits aus dem Haus und studiert an einer Universität. Ich weiß von Leuten, die am Anfang des Monats einkaufen gehen und dann verschwinden, um erst am Anfang des darauffolgenden Monats wiederzukommen. Ich weiß, dass sich Menina

Saras Gesicht verändert hat, seit ich Menino Rui nicht mehr mit ihr in das Gebäude habe hineingehen sehen. Ich weiß, dass Dona Elisa schlecht in die Ferne sieht. Weiß, dass Menina Cândida beigefarbene Röcke nur trägt, wenn Menino Raul nicht da ist. Weiß, an welchem Tag das Café mit Getränken beliefert wird und dass Gemüse und Ziegenkäse immer dienstags um Viertel nach elf gebracht werden, ich kenne die Uhrzeit, zu der der Wachmann und der Junge, der im Theater die Karten verkauft, ihren Dienst antreten, ich weiß, wann er gut gelaunt ist: »Grüß Sie, Boa Morte, wie gehts?« Ich kenne den Hochzeitstag von Menina Susana und Menino Valentim. Ich kenne die nepalesischen Jungs, die Rosen verkaufen, die Gauner, die Frauen vom Strich, die Jungs von der Polizei, Dona Maria vom Maronistand und den Jungen, der Croissants verkauft, ich weiß, dass Menino André im Ausland ist, im kommenden Jahr aber zurückkehrt. Mitunter taucht ein neues Gesicht auf, ein neuer Mitarbeiter des Theaters oder eine neue Truppe Schauspieler. Die Gesichter und Gewohnheiten bringen mich ein wenig durcheinander. Sie kommen für ein, zwei Monate und bevölkern dann die Straße mit neuen Zeiten. Boa Morte, der dort herumläuft, fremdelt mit ihnen, sie geben mir eine Münze oder auch nicht. Einen Monat oder Wochen später nennen mich alle schon Boa Morte, und ich habe ihre Zeiten und Gewohnheiten studieren können. Durch die Gespräche der

Regisseure, Schauspieler, Bühnenbildner, Tontechniker und Beleuchter, die ich aufschnappe, habe ich inzwischen ein bisschen Ahnung vom Theater.

Einmal durfte ich die Bühne vom São Luiz betreten, als ich beim Tragen des angelieferten Tonmaterials helfen sollte. Der leere Saal, die granatroten Samtstühle, sie sagten sogar, ich hätte die Haltung eines Schauspielers.

Einen Moment lang stand ich, noch ganz verschwitzt vom Gewicht der Kisten, allein auf der Bühne in der Stille. Ich blickte zu der bemalten Decke hoch, dem hellen Himmel, den Engeln mit ausgebreiteten Flügeln. Ich sah mich im Geiste vor dem unsichtbaren Publikum im Parkett mein Zeugnis ablegen. Lauschte in den Saal hinein. Es war nur ein ganz kurzer Moment, weil die Jungs von der Tontechnik dort herumliefen. Aber mit dem verschwitzten T-Shirt, den Schmerzen in meinem Bruch und im Rücken und den von der Arbeit im Gemüsegarten schwieligen Händen spürte ich, dass ich, wenn ich die Arme weit ausstrecke, den Saal, das Parkett, den Rang, die Logen umarmen könnte.

Ich wünschte, dort, in genau dem Moment auf der Bühne des São Luiz, hätte sich mein Ableben ereignet. Mein Nabelbruch hätte platzen sollen, ich auf der Bühne stehend, vor dem leeren Parkett, den Duft der samtbezogenen Stühle einatmend, die in Aber- und Aberjahrzehnten darin erstickten Damenparfums.

So enden, ohne Applaus und ohne Publikum. Nur ich und der Saal, die Wolken an der Decke, die Stühle, die Stille.

In unserem Garten sind wir die üblichen Statisten, Jardel, der von Mal zu Mal älter wird, mit wirren Barthaaren und Bratfischatem, Vando und Florinda, die ständig knutschen, das Ehepaar Pompeu, sie macht ihm die Hölle heiß, er macht ihr die Hölle heiß, wenn er sie nicht gar verprügelt, nach einem weiteren Gläschen ist dann alles wieder gut. Dona Idalina und ihr Fleischkuchen aus Trás-os-Montes, der uns alle beglückt. Tia Pompeus kapverdische Cachupa, die sie mit dem Mais, den wir angebaut haben, den Eiern unserer Henne, dem Speck und den Rinderknochen zubereitet, die Vando immer organisiert.

Wir essen aus ein und demselben Topf, das Gebüsch hinter der Avisol-Fabrik verströmt einen leichten Duft nach Eukalyptus. Schöne Momente, die ich aus diesem Leben mitnehmen werde, mein Kind. Sogar ein angolanisches Mufete mit Bohnen in Palmöl, zubereitet von Florinda, hat es bereits gegeben. Dein Vater spricht so viel übers Essen, dass er nachgerade wie ein Koch klingt. Gerede eines Ausgehungerten.

Frau Dr. Silvia von der Stadtverwaltung kommt regelmäßig vorbei. Neulich hätte es beinahe eine Katastrophe gegeben, als ein großer Hund in das Viertel kam und wie wild auf meinen Jardel lospreschte. Wenn

Jardel einen großen Hund sieht, wird er zum Riesen. Der andere hat ihn angegriffen, aber Vando ist gerade noch rechtzeitig gekommen.

Mal ist es das Sonnensegel, das herunterfällt, oder es sind die Kartoffeln, die zu spät reifen, das Wasser, das sich nicht mehr so leicht aus dem Brunnen holen lässt, mal ist es eine Rübe, die mit einem Rüssel aus der Erde wächst. Im Gemüsegarten fühle ich mich nicht nach Bissau oder nach Evale in meine Kindheit zurückversetzt, als ich mit Steinen und Kokosnüssen Fußball gespielt habe. Mich überkommt ein Schmerz, der keine Sehnsucht ist und keine Trauer. Ich spüre, dass ich hier meinen Ort nicht in Portugal, sondern im Leben gefunden habe. Dass dieses Leben nach alledem für meine alten Knochen noch ein Sonnensegel bereitgehalten hat, ist noch viel mehr und noch schöner, als ein Heimatland bekommen zu haben.

Natürlich gibt es immer Schwierigkeiten, gibt es immer Probleme. Vando muss alle naselang zur Polizei. Nur dein Vater hat Geduld mit dem Ehepaar Pompeu, wenn sie ihren Wein intus haben. Ich bewahre die Ruhe und träume wenig, das ist das Geheimnis dieses Lebens.

Ich habe von Fatinha geträumt. Sie war noch ein Kind. Ein hübsches Mädchen mit Lockenkopf, großen Augen. Ich habe ihr am Strand von Cruz Quebrada das Schwimmen beigebracht. Weder über Geruch noch Polizei noch sinnloses Gerede oder Märchen.

Nur Menina Fatinha, die mit den Füßen im Wasser planschte, und ich, der sie am Bauch festhielt, damit sie nicht unterging. Sie hat mich getröstet und zu dir geführt, Aurora. Nur im Traum dieses alten Boa Morte konnte ich einem Mädchen das Schwimmen beibringen, Fatinha schwimmt besser als ich, ich bin ein Hasenfuß, ich habe Respekt vor den Wellen. Großen Respekt.

Meine erste Erinnerung ist die an die Glocken der Ziegen in meinem Dorf. Ganz in der Nähe der Hütte, in der ich geboren wurde, erhob sich ein Hügel, und meine Onkel und Cousins trieben die Ziegen hinauf, zum frischen Gras. Der Klang ihrer Glocken und das Wissen, dass ich ein Kind bin und die Ziegen auf dem Hügel herumlaufen. Es muss mein Onkel oder mein Cousin Mendes gewesen sein, damals ein Junge von sechzehn Jahren, der mit ihnen hinaufging. Noch immer höre ich die Ziegenglocken, und das macht mich glücklich. Ich habe über die letzten Worte, die ich hier aufgeschrieben habe, nachgegrübelt. Vielleicht war ich zu hart. Deine Mutter hat gesagt, ich würde nie ein Portugiese sein. Ich habe diese Worte für Blasphemie gehalten, für Unkerei. Mein ganzes späteres Leben lang habe ich mich gefragt, ob sie recht hatte. Allein das zu schreiben schmerzt mich, denn es fällt mir schwer, mich an diesen Abend zu erinnern, auch nach so vielen Jahren. Zu wissen, dass es wahr ist, macht mich zu weniger als einem menschlichen Wesen. Vielleicht ist es deshalb mein Schicksal, auf dem Parkplatz meinen Dienst zu versehen, darauf zu warten, dass die Leute von ihren Besorgungen wiederkommen, während ich dort stehe, auf die Wagen blicke und mir ihr Leben ausmale.

Mit Taschen beladen kehren sie zurück, begleitet von schönen Frauen, mit zufriedenen Gesichtern, weil sie erledigt haben, was sie erledigen wollten. Ich bin dageblieben und habe gewartet, habe auf die Fuhrwerke von heute, die Autos, aufgepasst. Mein Lebensunterhalt ist das, was sich im Leben der anderen abspielt.

Wenn deine Mutter recht hat, bin ich auf dem falschen Posten, und ich bin zu ihm verdammt. Welches Vaterland soll ich denn haben, wenn nicht mein Portugal und meine Leute? Welch anderes Vaterland soll meines sein, wenn nicht diese meine Illusion?

Diese Illusion, von der deine Mutter gesprochen hat, ist vielleicht meine wahre Heimat, der Ort derer, die sich etwas vorgemacht haben. Auch hier am Chiado bin ich der Neger, der Preto, der Besorgungen macht, der Preto mit dem geschwollenen Bauch. Portugal wohnt in meiner Brust, aber mein Land ist diese Täuschung, die deine Mutter gemeint hat, vielleicht habe ich das meinen Worten von neulich hinzuzufügen vergessen. Mein Land ist mein Traum, mein Glaube daran, Portugiese zu sein wie Menino Valentim und Menina Susana, wie der kleine Paulinho. Ich bin das Kind einer Illusion, deshalb ist die António Maria Cardoso mein Schicksal. Ich bin nicht hergekommen, um an die Tafel gerufen zu werden. Ich bin gekommen, um meine Strafe zu empfangen. Sich getäuscht zu haben und trotzdem dankbar für die Brosamen zu sein, sich mit einer Gemüsesuppe zu begnügen, wen betrüge ich letztlich damit? Deine Mutter habe ich nicht betrogen, und sie musste mich nicht als Penner gekleidet sehen.

Boa Morte ist blind, mein Kind. Tot. Mit der Nacht kommt ein Gefühl in mir auf, ich frage mich, wozu ich meine Geschichte erzähle. Boa Morte ist ein Aussätziger, der seinen Aussatz nicht sieht. Ich habe mein Leben zerstört und es nicht begriffen.

Den ganzen Tag auf der Straße, und trotzdem scheine ich sie nicht zu kennen. Ich sehe Menschen, Gesichter, Farben, aber ich sehe nichts. Nicht ich bin es, der in den Augen der anderen unsichtbar ist, es ist die Betriebsamkeit des Lebens, die an mir vorüberzieht und keine Spuren hinterlässt. Nahe schwebendes Licht, das rasch entflieht. Ich halte mich an den Fluss, der zu keiner Stunde gleich ist, mal aus Silberpapier, dann wieder, der Strömung wegen, in zwei Grüntöne geteilt, dunkler im Süden, heller auf der Nordseite. Es heißt, dass es hier viele Pretos gebe, aber ich fühle mich wie der einzige Preto in Lissabon, ich habe den Eindruck, dass sie mich angemalt und zur Strafe mit verschmiertem Gesicht zum Chiado geschickt haben. Aber das, mein Kind, denke ich nur, wenn mich die Verzweiflung überkommt.

In Fatinhas lichten Momenten scheint es, als würde sie mich plötzlich sehen, und erst danach verlöscht sie in der Ferne. Ich weiß nicht, wer sie ist oder was sie sieht. Aber ich weiß, was ich in ihren Augen sehe: Schichten und Aberschichten all der Leben, die sie seit Anbeginn der Zeiten gelebt hat.

Ein so verletztes Mädchen kann einem leidtun, aber ich entdecke in ihr ein Wesen aus ferner Zeit. So jedenfalls wirkt sie auf mich: wie ein an der Straßenbahnhaltestelle gepflanzter jahrhundertealter Olivenbaum, wie eine Frau aus der Zeit, als die Menschen hier barfuß gingen und die Sklaven vom Brunnen der Schwarzen mit Fisch beladen durch diese Straßen liefen wie die Marktfrauen in Angola.

Dein Vater ist ein portugiesischer Soldat. Ich patrouilliere auf dem Parkplatz in der António Maria Cardoso, so wie ich unsere Offiziersmesse vor dem Feind bewacht habe. Ich habe die Karte und die Koordinaten meiner Mission im Kopf. Sie beginnt am Chiado und führt hinunter zum Theater Dona Maria II am Rossio, geht bis zum Ende der Calçada do Combro und endet in Santos-o-Velho, unter den Jacaranda-Bäumen in der Avenida Dom Carlos I. Die Fähren hinüber zum anderen Tejo-Ufer, die Cacilheiros, sind für mich Kriegsschiffe, der Parkplatz ist meine Reserve. Aber ich habe nicht meine Identität verloren. Wen immer ich auf der Straße sehe, ist ein Bruder aus meiner Einheit. Prior Velho dient zum

Schlafen und zum Essen, weil ich am Chiado nicht schlafen kann. Ich sehe, wie meine schwarzen Leute sich über die Kürbisse, die Bohnen und die Rüben freuen. Ich setze mich mit dem Ehepaar Pompeu und Vando, die sich irgendwie durchs Leben schlagen, an den Tisch. Aber Boa Mortes Herz ist weit weg. Das Herz von Boa Morte ist pombalinisch wie die Unterstadt. Jardel ist das Äffchen, das ich in der Kaserne gehabt und mit Erdnüssen und kleinen Bananen gefüttert habe. Ich warte auf den Feind, gehe die Straße auf und ab und beschütze meine Zivilisten. Der Chiado ist die Hauptstadt meines Vaterlandes, nur diese Gebäude sprechen meine Sprache, von den goldenen Zeiten des Kaufhauses Armazéns Grandela über den großen Brand bis zum Wiederaufbau. Diese Straßen erzählen meine Geschichte. Von der Metrostation Campo Grande an bin ich ein Preto, am Chiado bin ich ein Gespenst. Menino Valentim sagt immer zu mir, ich hätte das Gebaren eines Königs. Ich stamme sehr wohl aus dem königlichen Geschlecht der Cuanhama, aber Menino Valentim hat noch nie einen Soldaten an der Gefechtsfront gesehen. Ich habe meinen Fahneneid vor langer Zeit abgelegt. Habe geschworen, für mein Land, für Portugal, zu sterben. Habe geschworen, für meine Schwadron zu sterben.

Manchmal vermisse ich dich und deine Mutter schmerzlich, sehne mich nach eurer Vergebung. Aber wenn ich ehrlich sein soll, muss ich dir gestehen, dass diese Seiten keine Bitte um Entschuldigung sind, sie sind weder Morna noch Milonga, sind keine schwermütige Musik, sondern die Chronik eines Kombattanten, Ex-Kombattanten gibt es nicht. Einmal Soldat, immer Soldat. Mein Schützengraben reicht von der Calçada do Combro bis zum Opernhaus São Carlos. Die Zeit zermürbt den Menschen, aber man muss in die Tiefe gehen. Sie können mich als Escarumba beschimpfen, das ist mir egal, das sind Unruhestifter, Revoluzzer. Effektives Parken ist mein Tribut an das Land, das meinen Lebensunterhalt sichert, seit ich hier mit nichts als den Kleidern am Leib angekommen bin. Bis heute habe ich es auf ein halbes Dutzend Lumpen gebracht. Ich habe Jardel, diese Papiere und wenig mehr. Ich weiß, es ist keine Großtat, aber ich hüte keine Autos. Ich schaue in den Himmel, horche auf meine Stadt und beschütze sie vor dem Feind. Der Kugelschreiber, der über das Papier kratzt, derweil ich in dieser dunklen Ecke sitze, im Licht der Laterne, der Kugelschreiber ist meine Strafe. Ich erzähle dir, Aurora, einen Teil der Geschichte meines Krieges. Wenn du die Geschichte wegwerfen möchtest, wirf sie weg, aber du sollst wissen, dass dein Vater nicht als reuiger Sünder gestorben ist.

Das Zentrum der Stadt bin ich. Hier, in der Mitte meines Bauches, wo mein Bruch ist, bin ich der Nabel von Lissabon. Mein Leben ist die Fassade des Theaters São Luiz, wo ich Autos einweise, aber nicht wohne.

Ich komme aus Prior Velho, um arbeiten zu gehen, und arbeiten gehen heißt, mich auf den Weg machen. Die Autos und der Hund wecken mich auf, denn der Dienst, der Chiado, sind für mich Traum. Ich habe an der Fassade des Theaters gelehnt, als die Straßenbahn vorbeifuhr. Der Marmor im Rücken erfüllt mich mit Gewissheit. Mein Gang in der António Maria Cardoso, die Straße hinauf und wieder hinunter, der Stein und mein Körper sind ein und derselbe Muskel, und was seit der ersten Vorführung dort drinnen geschehen ist, fließt in mir, ist die gleiche Flut. Die Vergangenheit des Theaters ist in meinem Gang durch die Straße lebendig, so wie es in der Gegenwart das Zentrum, die Unterstadt ist; sie sind nicht mein Ziel, sondern der Ort, an den mich meine Füße führen, der Weg meiner Gedanken. Ich denke über das Fundament des Gebäudes nach, das vor vielen, vielen Jahren gebaut wurde und das älter ist als ich. Die Straßenbahn war voller Menschen, jeder an seinem Fenster. Ich habe sie vorüberfahren sehen, Fotos aus deiner Kindheit, Aurora, in einem Album, das deine Mutter angelegt hat, als du ein Baby warst. Sie sahen aus wie wir, wie unsere Familie, jeder an seinem Fenster, manche mit offenem Mund, andere, die zur Seite schauten, wieder andere, die auf die Uhr sahen. Eine Familie wie wir, nur nicht miteinander verwandt, Menschen, die zufällig in der gleichen Straßenbahn sitzen, auch ich spreche mit dir von meinem Fenster aus und kenne dich nicht.

Entlang der Straße: Cousins, Cousinen, Onkel, Tanten, Großeltern, Stiefkinder. Meine Rettung war mein an den Stein gelehnter Rücken, die tröstliche Kraft des Marmors, Wände, die nicht die Wände meines Hauses sind. Ich habe den Menschen einige Augenblicke lang zugeschaut, mit Tausenden von Worten in ihren Köpfen, schläfrig, sich unterhaltend, mit Tausenden von Worten in meinem Kopf, Hunger, Sehnsucht, Vando, Traurigkeit, Jardel, Bohnen, Ausweis, Busch, Bauch, Fatinha, Fatinha, Fatinha, Wasser, Gas.

Es ist schon vorgekommen, dass ich durch die Straße gelaufen bin und Angst hatte, daran dachte, eine Bank zu betreten. Es ist mir in der Almirante Reis passiert, am Eingang zum Hauptsitz der Bank von Portugal, und als ich aus Barreiro kam, in der Nähe des portugiesischen Bankenverbundes. Der Wunsch, jenseits der Fenster, wo die gut gekleideten Angestellten wie gute Menschen aussahen, Hilfe zu finden. Der Anschein von Wärme und Sauberkeit, den ich von draußen sehe, ähnlich dem des São Luiz an Premiereabenden, alles kommt mir warm und sicher vor, die Stühle, das geschnitzte, vergoldete und glänzend polierte Holz, die Leuchter ohne kaputte Glühbirnen, die Angestellten, denen man ansieht, dass sie jeden Tag duschen. Auf der Straße, geplagt von der Angst vor dem Hund, der hinter mir herläuft, um mich zu verschlingen, denke ich nur daran, hineinzugehen, an so einem Ort bedient zu werden, im Warteraum zu sitzen und dort die Nacht zu verbringen, mit warmen Füßen, warm eingepackt, in Gebäuden, die im Busch ein freundliches Heim sind, Museen, Büros, Versicherungszentralen mit fürsorglichen Augen. Wenn ich an der Marmorfassade des São Luiz lehne, erhasche ich ein wenig von dieser Kraft. Ich sehe die Straßenbahn vorüberfahren, zähle sogar, wie viele vorbeifahren, ich zähle, zähle eine, zwei, und der Hund der Nacht erscheint zwischen den Zahlen, manchmal erscheint er mir sogar am helllichten Tag, aber ich habe meinen Jardel, der mich ruft und mir die Hände leckt, wenn er mich niedergeschlagen nach Lissabon, zum Chiado, in die Welt der Lebenden zurückkehren sieht. Das Zentrum bin ich.

Boa Morte nahm die Hacke. »So macht man das, Vando. Lass es dir von Boa Morte zeigen.« Vando sah zu, wie die Hacke in die Erde eindrang. Es sah einfach aus. »Erzähl mir, Tio Boa Morte. Du hast mir noch nicht von deinen Erlebnissen berichtet. Wie war es dort im Busch?« Boa Morte sah Vando an, richtete sich auf. Vor ihm ein dichter Haarschopf, dunkle Haut, muskulöse Schultern, ein aufmerksamer Blick, die Augen jemandes, der das ganze Leben noch vor sich hat. »Genau, Vando.« Er räusperte sich. »Jetzt, mein Freund, ist es an der Zeit, zu ernten. Tio Boa Morte hat das Leben gesehen, so wie du es sehen wirst, er hat den Tod gesehen, hat Leben geschenkt, so wie du Leben schenken wirst, hat den Tod gebracht. Tio Boa Morte hat die andere Seite gesehen.« Er schüttelte die Erde von seinen Händen, blickte auf seine Finger, auf seine Handflächen. »Die andere Seite, Vando, ist hässlich. Zu hässlich für die Jugend. Aber Tio Boa Morte ist nicht von der anderen Seite zurückgekehrt, mein Freund. Es gibt kein Zurück. Wer einmal dort hingerät, bleibt dort.«

»Nicht so, du musst die Hacke mit beiden Händen halten und dich auf das konzentrieren, was du tust. So musst du es machen.« Boa Morte hielt die Hände des

Jungen fest. Sie schlugen die Hacke vierhändig in die Erde. »Ich bin zum Fischer geworden, mein Freund. Heute wird es regnen, du musst den Salat abdecken.« »Kota Boa Morte und seine Lehren, sage ich immer zu Florinda.«

Da wuchsen weiße Dahlien inmitten des Stockkohls. Eine Lilie im Rübenbeet, eine Rose zwischen den Bohnen. Der Gemüsegarten beschenkte sie mit einem Strauß voller Überraschungen. Ein gesprenkeltes Ei in einem Dutzend weißer. Ein Schauer, wenn ein Unwetter angekündigt worden war. Die den Lauch krönende Stechpalme, ein Festmahl aus Süßkartoffeln, auch wenn sie ihnen schon zu den Ohren herauskamen.

Sie füllten Säcke. Tauschten mit den Nachbarn. Ein Kaninchen oder Stöckermakrelen gegen ein Kilo Tomaten. Vier Hühner gegen dreißig Eier. Eine selbst gemachte Limonade gegen einen Strauß Margeriten und ein Lächeln, wenn Dona Idalina sie im Frühling mitten bei der Arbeit mit einer Erfrischung überraschte.

Im Schreibtisch der Vermieterin stapelten sich ungeordnet Boa Mortes Papiere. Die Vermieterin rührte sie nicht an und passte sorgfältig auf, dass niemand anderes es tat.

Die jungen Leute kamen. Trommelten bis spät in die Nacht. Florinda sang, Dona Pompeu gab den Chor und stimmte klagend eine Morna an. Jeden zweiten Monat kam im Viertel ein Kind zur Welt. Boa Morte füllte zur Feier des Neugeborenen einen Korb mit allem, was der Garten hergab. Dona Idalina kochte nun immer einen großen Topf Suppe, der alle satt machte, und Boa Morte brachte Fatinha etwas davon mit, die die Suppe an der Haltestelle der 28 aß und sich die Finger leckte. »Sie schmeckt genau wie die Suppe meiner Mariana. Sie ist so lecker, Senhor Boa Morte, und noch warm.« Hungers starben sie in jenen Jahren nicht, wenn sie denn noch lebten.

Fatinha sammelte verlorene Geldbörsen. Sie hob sie vom Boden auf, suchte in Mülleimern danach, gab sie aber nie bei der Polizei ab. Sie liebte es, sich die Gesichter auf den Ausweisen anzuschauen und nach ihnen in der Rua do Loreto Ausschau zu halten, wo sie den Tag an ihrem Fenster verbrachte. Sie verabredete sich mit den Besitzern der Geldbörsen, behandelte sie wie Freunde, lud sie zum Essen ein, wartete Tag für Tag auf sie, auf Cremilde, José, Ana, Paula, Maria do Céu.

Sie kamen nie, aber Fatinhas Geduld mit den Gästen wurde nur von ihrer Geduld übertroffen, sich für sie zurechtzumachen, tagelang, die einzige Morgendämmerung, die alle ihre Stunden an der Haltestelle der 28 in sich vereinte. Sie probierte Hüte auf, malte sich die Lippen an, lackierte sich die Nägel, ohne sich dafür bewegen oder vom Boden aufstehen zu müssen.

Sie stöberte in den Fotos der Besitzerin einer Geldbörse: ein Baby, ein kleiner Junge und ein Ehepaar mit zwei Kindern. Offenbar arbeitete sie bei der Post, hatte einen Sohn und war bereits Großmutter von zwei Enkelkindern. Fatinha vertiefte sich in das, was auf den gefalteten Zetteln in den hintersten Winkeln der Börsen stand, eine vierstellige Nummer, eine Adresse, der Name eines Menschen oder einer Straße, die Telefonnummer einer Arztpraxis. Die Geldbörsen erzählten allein schon deshalb eine Geschichte, weil jemand sie verloren hatte und sie nicht die ganze Geschichte erzählten. In dieser Leerstelle war Fatinha ein Mitglied der Familie, oder zumindest Erzählerin. Sie stellte sich die Besitzer der Börsen in ihren Häusern vor, malte sich aus, wie sie wohl sein mochten, wie die Taschen und Kleidungsstücke waren, in denen sie sie aufbewahrten, und welche Gerichte bei ihnen auf den Tisch kamen.

Die 28 hielt an, Fahrgäste stiegen aus, andere stiegen ein, ein Junge, der außen an der Straßenbahn hing, warf Fatinha eine leere Dose in den Rücken.

Mit den Papieren der anderen in der Hand war deren Leben das ihre. Trugen sie einen Bart, strich sie sich übers Kinn. Trugen sie eine Brille, rückte sie den Bügel hinter den Ohren zurecht. Waren sie zwanzig, waren sie so alt wie sie. Waren sie alt, war sie verbraucht.

Ihre Hände und ihr Geist hatten weder Gesicht noch Alter, aber das war, was sie berührte. Wenn sie Boa Morte anschaute, war sie seine Tochter, seine Reue, sein Traum, sein Albtraum, seine Wohnung. Schlief sie auf einem Pappkarton, war sie ein Paket. Schaute sie auf den Fluss, war sie Wasser. Ging sie barfuß, war sie die Straße.

Fatinha lebte nicht das Leben, das sie den anderen stahl, aber sie hatte gelernt, ihm so nahe zu kommen, dass sie das Leben, das sie fortwarfen, aufsammelte.

Sie kam niemandem zu nahe, weil sich die Menschen vor ihr ekelten, aber die Straße, die Kälte, der Regen hatten das Gewebe verbrannt, das sie von deren Wärme trennte. Die Straße und die Kinder der Straße hielten sie am Leben. Innerlich war sie vom Weg abgekommen.

Frohes Neues Jahr, Aurora. Möge das Neue Jahr dir alles bringen, was du dir wünschst, mein Kind. Ich hatte überlegt, die zwölf Glockenschläge in Prior Velho mit meinen Schicksalsgenossen zu zählen, aber in letzter Minute habe ich meine Pläne geändert. Ich musste an Fatinha denken und hatte Angst, ihr könnte etwas Schlimmes zustoßen. In der Silvesternacht herrscht am Chiado immer ein Riesendurcheinander, die Menschen strömen in Massen zur Praça do Comércio. Also habe ich einen Bolo-rei, einen Königskuchen, und eine Flasche Sekt gekauft und bin zu meiner Freundin gegangen. Sie war gut gelaunt, das ist sie immer, ein Segen für die Glückliche, auch wenn sie in ihrer anderen Welt ist. Das Problem war die Kälte, in den letzten Wochen ist es bitterkalt gewesen. Fatinha hat sich so gefreut, dass es mir vorkam, als befände ich mich in der Gesellschaft einer gesunden jungen Frau. Wir sind die Rua do Loreto zum Fluss hinuntergelaufen, um um Mitternacht das Feuerwerk sehen zu können. Und dann, am Cais do Sodré, in der Nähe vom Bahnhof, tauchte plötzlich Malheiro auf, ein Freund aus meiner Zeit bei der Revison. »Boa Morte? Sind Sie es? Ich bin es, Malheiro.« Mein Freund Malheiro war gekommen, um mit seiner Familie den Jahreswechsel am Terreiro do Paço zu verbringen. Wir haben ein paar Worte gewechselt. Ich war gerührt von der Höflichkeit, mit der er Fatinha behandelte, die unsere Begegnung schweigend verfolgte. Malheiro ist im Ruhestand. Wir hatten uns seit über dreißig Jahren nicht mehr gesehen, aber er hat mich in diesen Lumpen erkannt. Er war so anständig, mich nicht herabzuwürdigen, zeigte sich nicht besorgt. Mir ist es so lieber. Er war mit seinen Enkelkindern, seiner Tochter und seinem Schwiegersohn unterwegs, seine Frau ist bereits tot, ich kann mich noch an Dona Edite erinnern, ihr Haar war immer schön frisiert, sie ist vor fünf Jahren an Krebs gestorben. Aber Malheiro sah gut aus, erholt. Er bot mir einen Zigarillo an und Fatinha ebenfalls, »stecken Sie ihn sich um Mitternacht an und wünschen sich etwas«. Mein alter Malheiro. Was haben wir damals für viele Kilometer zusammen zurückgelegt. Einmal tauchte vor uns mitten auf der Straße eine Schlange auf, und Malheiro, dieser Hund, bewahrte ruhig Blut.

Seit ein paar Wochen ist es schwierig mit der eisigen Kälte in Lissabon. Ich habe Fatinha mein Zimmer im Viertel angeboten. Ich war bereit, auf der Straße zu schlafen, nur damit sie nicht so frieren musste. Aber wie es scheint, hat sie eine Bleibe in der Metrostation Baixa-Chiado gefunden, sie lassen den Bahnhof jetzt geöffnet, damit die Menschen, die auf der Straße leben, in den kältesten Nächten einen Platz zum Schlafen haben.

Meine Freundin Fatinha ist stolz. Nie will sie meine Hilfe in praktischen Dingen des Lebens annehmen. Sie bittet mich nur um meinen Beistand, wenn es um die Schmerzen der Seele geht, und selbst dann bittet sie nur um Hilfe, wenn sie zerstreut ist. Sie ist es gewohnt, alles mit sich allein abzumachen.

Wir haben uns auf eine Bank direkt am Fluss gesetzt und mit dem Rücken zum Platz auf das Feuerwerk gewartet. Die Menschenmenge war ausgelassen. Das Konzert hatte bereits begonnen. Fatinha hat ihren Kopf an meine Schulter gelehnt. Wir haben kaum geredet. Ihr war sehr daran gelegen zu erfahren, wem von uns beiden die Bohne aus dem Königskuchen zufallen würde. Sie hat sich nicht bei mir bedankt und nichts zu mir gesagt, aber ich habe in ihren Augen gesehen, dass sie sich über mein Kommen gefreut hat, dass sie sich an meiner Seite sicher fühlt. Ich für meinen Teil war dankbar, dass sie in der Silvesternacht für mich da war und diese Gespinste der Umnachtung sie nicht woandershin entführt haben.

Silvester am Tejo, was für ein gewaltiges Spektakel, mein Kind. Der Fluss wäscht das alte Jahr fort. Die Raketen verscheuchen die alten Geister und künden von neuem Leben. Das Feuerwerk spiegelt sich auf der Wasseroberfläche, überall auf dem Platz hört man Geschrei, Toasts und Hochrufe. Wir haben unseren Sekt geöffnet. Miteinander angestoßen und getrunken. Unsere Zigarillos angezündet. Haben uns jeder etwas gewünscht, so wie mein Freund Malheiro uns geraten hatte. Wie gut mir das getan hat! Fatinha fröhlich wie eine Geliebte. Ich ein bisschen weniger einsam. Die Schatten haben uns verschont. Niemand hat sich mit uns angelegt.

»Vergiss für heute die Stadt unter dem Fluss, Fatinha. Hier oben ist es auch nicht schlecht.« Meine Freundin hat gelacht, mit den Schultern gezuckt und zu mir gesagt: »Ich weiß, Senhor Boa Morte, ich wünschte mir auch sehr, dass mein Kopf Ruhe gäbe.«

Auf dem Rückweg in den ersten Morgenstunden hat Fatinha am Boden einen goldenen Ohrring gefunden. Die Freude in ihren Augen. Der Ohrring ist wirklich hübsch, mit Brillanten, einem grünen Stein, er wird mit einem Klipp befestigt und muss einer Dame heruntergefallen sein. Sie hat ihn sich sofort ans Ohr gesteckt. »Steht er mir, Senhor Boa Morte?« Das sind die Freuden deines Vaters im Alter.

Die Stadt nährte sich von einem Austausch, den keine der beiden Seiten erkannte. Der Anflug eines unbeabsichtigten Lächelns, das als Zeichen der Hoffnung gewertet wurde. Die Andeutung einer Geste, Grund für den, der ihr Zeuge wurde, einen weiteren Tag zu ertragen. Manchmal war es ein Nicken am Anfang der Rua do Loreto, von dem Fatinha dachte, es gelte ihr. Ein anderes Mal das Lächeln in den Augen eines Kindes, das Boa Morte anschaute. Die Wäsche auf der Leine, die ihnen zeigte, dass sie nicht allein waren. Oder noch weniger, ein Fenster, das einen Spaltbreit offen stand, der aus einem Auto aufsteigende Rauch einer Zigarette, das Kleingeld für einen Kaffee. Oder noch weniger, die Anwesenheit anderer Menschen, auch wenn sie sie nicht kannten und sie nicht mit ihnen sprachen, die Gestalten in den Taxis, laute Musik in einem Geschäft, der Chemiegeruch am Eingang des Friseursalons, das »Gestatten Sie« einer Dame am Stock, die von einem Auto zum anderen, von einer Straßenseite zur anderen gerufenen Namen, Sara! Sara! Ohne die Menschen bestand die Stadt aus Stein und eisiger Kälte, besonders im Januar. Aber Boa Morte und Fatinha wussten um die anderen hinter den Mauern, hinter den Fassaden, und klammerten sich an die kleinsten Anzeichen dafür, dass sie nicht allein waren. Was den Rest des Jahres über für sie Landschaft war – das Tuten der Schiffe, das Geläut der Glocken, der Geruch von brennendem Holz –, war in der kalten Jahreszeit eine Rettungsboje.

Bis in die frühen Morgenstunden starrte Fatinha auf das Nachtlicht und die aufgeräumten Regale im Supermarkt an der Haltestelle der 28.

Der Wagen der Pfarrgemeinde hielt, und die beiden jungen Frauen stiegen aus, um ihr eine Suppe und einen Stoffmantel anzubieten.

Fatinha aß die Suppe. Sie legte sich auf den Mantel und dachte, sie habe Lust auf einen Zigarillo von Senhor Malheiro.

Sie hatte sich nicht daran gewöhnt, auf der Straße zu nächtigen. Hatte Angst, einzuschlafen. Schritte, ein Knall, Stimmen, Schreie, beschleunigende Autos, Gehupe, alles klang in den frühen Morgenstunden viel lauter und versetzte sie in Panik. Sie schlief ein, betrunken oder vor Erschöpfung, nachdem sie sich mit aller Kraft dagegen gewehrt hatte, weil sie Angst hatte, aufzuwachen und nicht mehr in Lissabon, nicht mehr Fatinha zu sein. Ich bin Maria de Fátima, ich bin Maria de Fátima, ich bin Maria de Fátima, ich bin Maria de Fátima, ich bin Maria de Fátima, ich bin Maria de Fátima, ich bin Maria de Fátima, auf der Hälfte des Gebets, mit dem sie sich ihrer selbst vergewissern wollte, nahm der Schlaf sie mit sich.

Irgendwo, sie wusste nicht wo, schrieb Boa Morte vor sich hin, bis sein Kopf auf die Seiten niedersank. Seine Handschrift wurde immer schleppender, je stärker das Gift der Müdigkeit wirkte, er vertat sich bei den Worten, schrieb, um nicht schlafen und nicht Rechenschaft über sein Leben ablegen zu müssen. Er fürchtete die Träume vom Krieg, die Nacht für Nacht wie ein unendlicher Film von seinem Kopf abgespult wurden.

Boa Morte brauchte Fatinha, brauchte, dass sie um seine Existenz wusste, um selbst existieren zu können. Fatinha musste wissen, dass zumindest ein Mensch auf der Welt wusste, wer sie war, damit sie selbst jemand sein konnte. Zwei Leben trennten sie, nur ihrer beider Gegenwart berührte sich. Aber in den letzten Stunden der kältesten Nächte mussten beide aneinander denken, an ihre Freundschaft, an das Unerklärliche, das sie miteinander verband, das sie zueinandergeführt hatte.

Ich bin nicht mehr imstande, mich von meinen Papieren zu trennen. Schlafe mit ihnen unter dem Kopfkissen. Am Chiado überkommt mich tagsüber die Angst, jemand könnte sie lesen, jemand könnte sie stehlen. Ich schüttle den Kopf, vergesse, setze die Arbeit fort, ich darf nicht zerstreut sein, sonst fahren die Autos vorbei, und meine Münzen sind verloren. Ich muss wissen, dass ich jemand bin, der schreibt, denn dieses Wissen vermittelt mir eine Vorstellung von meiner Existenz. Von Zeit zu Zeit habe ich das Gefühl, Selbstgespräche zu führen, dann ist mir danach, alles zum Teufel zu jagen, meinen Brief zu vergessen. Erst dann begreife ich, dass ich, wenn ich nach dir, Aurora, suche, nicht allein bin.

Es ist unwichtig, ob du mich liest oder nicht. Wichtig ist dieser Schimmer, der mein Herz mit der Vorstellung von deinem Herzen verbindet. Wenn ich weiterschreibe, bin ich lebendig, mein Kind. Wenn ich weiterschreibe, lebst du. Wenn ich einen schönen Satz entdecke, habe ich Lust, ihn viele Male zu wiederholen. Ich lese laut vor, was ich geschrieben habe. Bin die Eitelkeit in Person.

Das Weizenfeld, als die Abteilung das Dorf erreichte. Es muss um die Mittagszeit gewesen sein. Das

Gold vor dem Feuer. »Dort kommt der Krieg, es ist Krieg«, schrie der kleine Junge.

Das Gold vor dem Feuer. Schön, nicht wahr? Es klingt wie Poesie, aber es ist Müdigkeit. Das Gold vor dem Feuer, du, in meinem Leben, deine Geburt. Dann kam die Feuerwelle und riss mich mit sich.

Du lebst in dem Maße, wie ich dir schreibe, so wie ich lebe, weil ich dir schreibe. Wenn ich schreibe, Aurora, lebst du. Wenn ich schreibe, bin ich, Boa Morte, lebendig.

Vando hat mir nicht erklärt, was das Problem ist, ich weiß nicht, ob es wieder die Drogenbosse sind, ob er gestohlen, ob er getötet hat, ich habe auch nicht gefragt, vielleicht ist es wegen seiner Papiere. Er hat mir gesagt, dass er in vierzehn Tagen abgeschoben wird. Was wird er tun, dieser Sohn, weit weg von hier, von seiner Heimat? Mein Bruder im Hunger und im Durst, Sohn des Aussatzes, den das Leben mir geschenkt hat, mir sind die Tränen gekommen, als ich dieses Wort aus meinem Mund gehört habe, »Sohn«, der erwachsene Sohn eines Zerlumpten. Worte sind kein Glas Wasser, Aurora. Sie sind kein Teller Suppe. Was nützt es, das Leben eines Menschen zu erzählen, wenn man nicht seinen Durst gestillt hat? Mitten am Nachmittag verlasse ich meinen Posten und gehe zur Baustelle am Ende der Straße, um meine Beine auszuruhen. Ab und zu schlafe ich kurz ein, träume sogar. Jardel kuschelt sich an mich und schläft ebenfalls. Ein, zwei Stunden später wachen wir beide auf und haben Hunger. An den Tagen hat der Parkplatz das Nachsehen und wir bekommen beide kein Abendessen. Ich ertappe mich bei dem Gedanken: Ist der Chiado womöglich die ganze Welt, gibt es noch etwas anderes auf der Welt außer diesen Straßen, in denen ich meinen Schweiß, meine Illusionen und mein Blut lasse? Jeder Mensch braucht sein Stück Erde, das er im Laufe seines Lebens bestellt, die Erde, in der er einmal begraben wird. Doch was ist mit der Welt, in der Flugzeuge fliegen, in der die Autos fahren, die ich einweise? An solchen Abenden verlasse ich die António Maria Cardoso mit Scheuklappen und nehme sie erst wieder ab, wenn ich in Prior Velho bin. Manchmal knurrt Jardel hinten im Rucksack, manchmal schläft er. Ich trage sein Schnäuzchen auf dem Rücken, und seine Freundschaft ist meine Waffe. Wenn ich im Viertel ankomme und den Rucksack öffne, springt er heraus und schaut mich jedes Mal an, als hätte er mich gerade erst kennengelernt.

Wir haben vor, aus dem Gemüsegarten eine sichere Einnahmequelle zu machen. Vando hat alles mit Dona Idalina und Dona Silvia geregelt. Unsere kleinen Tischrunden werden ohne ihn nicht mehr dieselben sein, aber alles, was wir aus dieser Erde holen, trägt das Herzblut dieses Jungen in sich.

Der Gedanke, dass es dort, wo du bist, Aurora,

ebenfalls Menschen gibt, die ein Leben führen wie hier, fällt mir schwer. Ich spüre, dass ich für ein Land schreibe, das nur in meinem Dickkopf existiert, für den die Welt am Chiado beginnt und endet. Meine Seele erträgt die Weite der Erde nicht, ich bin ein Mann vom Dorf. Es wird nicht einmal genügend Zeit sein, Vando einen ordentlichen Abschied zu bereiten. Ich werde ihm meine Goldkette und das Geld geben, das ich von den Verkäufen aus dem Gemüsegarten zusammengespart habe, demnächst, wenn er im Viertel ankommt, wir haben uns für halb zehn Uhr abends hier im Zimmer verabredet. Es reicht mit der Schreiberei. Ich fühle mich innerlich verdorrt, alles Wasser, das ich im Leib hatte, ist weg.

Ich stelle mir vor, wie du diese Seiten liest, Aurora. Stelle mir vor, wie deine Augen den Linien folgen. »Komm, Aurora, es gibt Abendessen, du kannst später zu Ende lesen«, sagt der Mann, den ich in deinem Zimmer auftauchen sehe und der dir die Hand auf die Schulter legt. Ich dringe in dem Maße in dein Herz ein, wie du meine Erzählung liest, ich höre es schlagen, schneller schlagen, ich höre dich lachen und weinen, dieser Tag, ich bin mir sicher, wird nicht kommen. Mich peinigt der Gedanke, dass ich bis zum Tod gewartet habe, um auf dich zuzugehen. Jetzt, da ich die Wohnstatt kenne, die mir nach dem Tod zugefallen ist, diese Straßen, mein Posten, erkenne ich, dass es gerecht ist, dass ich dich niemals erreichen werde, selbst nicht von dieser anderen Zeit aus. Ich weise fremden Autos einen Parkplatz zu, ist das nicht das ewige Leben? Mir bleibt die Vorstellung von deinem Gesicht, derweil du mich liest, von deinen über die Seite gleitenden Fingern, von der Bewegung deiner Lippen, von einem Gesicht, das ich, würde ich es in der Rua António Maria Cardoso sehen, nicht als das meiner Tochter erkennen könnte. Was ich dir erzähle, ist das, was mir Ruhe bringt und mich bedrückt. Der Bruch in meinem Bauchnabel, meine Träume, meine Freunde, der Schauplatz meiner Tage.

Ich besudele dich nicht mit meiner Strafe, dem Moment, in dem sie die Straßenseite wechseln, wenn sie mich sehen. Ich gehe hin, bitte um meine Münze, und sie wenden das Gesicht ab, dieselben, die mich nicht bemerken, wenden ihr Gesicht ab, wenn ich ihnen die Hand hinhalte. Meine Strafe ist die Wiederholung dieser Geste. Gesenkten Blickes gehen sie auf der Fahrbahn, nehmen eine Abkürzung, machen einen Umweg, bloß um mir nicht begegnen zu müssen, sie tun so, als würden sie telefonieren, und weisen mich mit dem unwilligen Fingerschnippen jemandes, der nicht gestört werden will, von sich weg. Das passiert zehn, zwanzig, dreißig, vierzig Mal am Tag.

»Vando, mein Freund, möge Gott dich auf der Rückkehr nach Luanda begleiten. Du sollst wissen, dass du in mir einen Gefährten fürs Leben hast. Nimm diese

Kette und diese Ersparnisse, das ist alles, was ich habe. Die Kette habe ich noch in Pretoria gekauft, hochkarätiges Gold. Sie passt gut zu deiner Texanerjacke.« Boa Morte war nicht imstande, Vando bei diesen Worten in die Augen zu sehen.

Als er am nächsten Morgen aufwachte, hatte die Polizei Vando bereits abgeholt.

Die Zeit rinnt durch meinen Körper, sie durchquert mich, macht mich allmählich zu einem anderen. Ich gedeihe mit Licht und Wasser, genau wie meine Bohnenpflanzen. In letzter Zeit habe ich mich sauber gefühlt, Aurora. Innerlich rein. Nicht, dass ich es verdient hätte. Nichts hat sich geändert. Doch die Welle der Zeit hat mich vom Floß heruntergerissen, hat mich mit sich gerissen an den Strand, die Wellen haben mich herumgewirbelt. Lissabon erwartet das Seebeben, in dem ich bereits ertrunken bin. Vom Rossio bis nach Santos-o-Velho fließt das Wasser, es stürzt wie ein Wasserfall dort hinunter, wo die Menschen, ihre Mäntel, ihre Streitereien entlanglaufen. Es nimmt Baumstämme, Äste, Zweige, Beine, Arme, Wracks mit sich fort. Die Welle reißt alles mit sich, und alles wäscht sie, Wasser und Zeit rinnen über die Fassaden, sie wäscht das Theater von innen, ertränkt die Brunnen, die Denkmäler, wir sind Skelette in der Strömung, nicht nur ich und meine Gefährten, es ist die Stadt unter dem Tejo, von der Fatinha immer spricht, diese, in der wir treiben. Die Welle rollt heran, die Welle rollt heran, die Welle ist vorüber, was sie offenbart, sehen wir erst hinterher, es ist das, was ich sehe. Sie hat mich erfasst, hat mich umgeworfen, mein Leib ist ein ausgewrungenes Tuch, gewaschen bis auf die Knochen, so wie wir alle, die wir an Land gespült wurden. Die Zeit macht Blut zu Wasser und gibt uns von dem Blutwasser zu trinken, das von der Burg zum Cais das Colunas strömt. Ist es der Grund des Flusses, der leer ist? Die Baixa, der Chiado, sind Pfütze, Meer und Pfütze. Die Zeit wäscht selbst Mörder wie deinen Vater inwendig rein. Sie ist mein Leben lang mein Schutzengel, meine Zeit, die Hand, die mich antreibt. Sie lädt mich ein, die Erde zu bestellen, und sie ist die Wissenschaft unseres Gemüsegartens, die einzig darin besteht, dass man ihn ohne Hast bestellt und die Ernte nicht überstürzt, die Aussaat nicht übereilt. Es vergehen Tage, Wochen, in denen ich hungere. Hungere danach, das Leben zu sehen, auf ihm zu reiten, es zu verzehren. Dann kommen Monate, in denen ich wie tot bin. Ich esse, schlafe, existiere. Aber ich verspüre Lust an diesem Tod, fühle mich von ihm gesegnet, mein Verlangen hat Ruhe gegeben. Ich bin dankbar für meinen freundlichen Schatten an der Fassade des São Luiz, für den Schatten meines Hundes, der daliegt und sich sonnt.

Ein merkwürdiger Großvater ist aus mir geworden, wie ich da an der Tür des Theaters sitze. Die Autos der anderen sind meine Minuten, meine Stunden. Ich habe alte Ziegelsteine aus dem ehemaligen Sitz der Geheimpolizei Pide mit nach Hause genommen. Habe das Datum darauf notiert – António Maria Cardoso,

21. Jahrhundert –, und mit einem Brett, das wir im Gemüsegarten hatten, habe ich einen Tisch daraus gebaut, von dem aus ich dir heute diese Zeilen schreibe. Handgefertigt in Prior Velho und nicht in der Stadt Guimarães. Das ist die Art von Schätzen, die meine Freundin Fatinha unter dem Tejo vermutet. Aber die im Fluss versunkenen Schätze sind sie und ich, wir alle, sie weiß es nur nicht. Weiß nicht, dass wir Tiere nach der Sintflut sind, ozeanische Tiere, und dass unser Leben Strömung ist, Algen, Schlick, Meer, das uns genommen hat, wer wir waren.

Keinerlei Erinnerung. Nur die Zeit rettet meine Tage, Wasser, das alles reinwäscht. Aurora: Bist du Vergangenheit oder Gegenwart? Wenn du aus dem Gestern kommst, geh ins Wasser. Ich habe die Pflicht, mich zufriedenzugeben. Mein Krieg hält meine Zunge nicht im Zaum. Ich hebe den Kopf – was sehe ich? Wenig. Die Pflicht, dir gute Neuigkeiten zu überbringen, mein Kind. Deinem Vater geht es, wie die Zeit gebietet. Er ist froh oder traurig. Deinem Vater geht es gut, gesundheitlich geht es ihm einigermaßen. So viel Tinte vergeudet, so viel Speichel, und diese schlichten Worte habe ich dir noch nicht gesagt. Du kannst ganz beruhigt sein, dein alter Herr ist wohlauf.

Die Kraft liegt in der Gegenwart, die Hände an der Trommel, am Tamburin, an den Congas, am Klavier. Nicht irgendwann demnächst, sondern jetzt. Hier. Der Moment, in dem der alte Pompeu die Trommel erbeben lässt und ich mit geschlossenen Augen darauf warte, dass seine Hände sie schlagen. Vergangenheit ist Mist. Jardel kennt kein Vorgestern, nur den gestrigen Abend, der ihm heute früh die Blase füllt, und er entleert sie sofort, kaum dass er sich auf der Straße wiederfindet.

Das Vertrauen, das der Hund in mich hat, ist ein schöneres Spektakel, als einen Nachmittag lang einen See zu beobachten, als eine Premiere im São Luiz, sein Schlaf, sein Atmen, ein bisschen wie ein Jemand, wie manche Menschen, Horden von Menschen wider meinen Schlaf, der Lichtschein unter der Tür, von Minute zu Minute schwächer, Wände, unverputzt wie mein Leben, seine unschuldige Gegenwart flößt allem Frieden und Ermutigung ein, mit jedem Atemzug von Jardel fühle ich mich gefunden, lebendig.

Die Beine meines Schreibtischs haben ein Gewimmer gehört. Jetzt lauschen sie meinem Stift auf dem Papier, in diesem Zimmer, sie stützen meinen Schatten, den Schatten des auf dem Bett liegenden Jardel. Die Nacht tritt ein in den Raum, es ist Samstag. Ziegelsteine des Seebebens, zu dem wir beide geworden sind, nachteinwärts, unter den Trümmern schreiend, ob jemand kommt. Hilfe. Hier. Hilfe! Wir sind hier. Hilfe! Hilfe! Wir sind da. Ziegelsteine, die nicht sprechen, nicht hören, und ich schreie auch nicht.

Wir zwei, die Schatten zweier Freunde, die sich im Licht der Laterne an den Wänden ausbreiten. Wir sind vier Seelen im Zimmer, dazu die Seelen der Tischbeine, meiner Beine.

Es gibt Momente, Minuten, in denen ich, wenn ich dir schreibe, das Jetzt mit meinen Fingern und meinem Blut berühre. Das geschieht, wenn ich auf dem Papier dem Schatten meiner Hand begegne. Ich werde sterben. Kann sterben, so denke ich. Jetzt. Trag mich davon, Tejo. Trag mich davon, Aurora. Es reicht. Trag mich davon, Fatinha. Es ist keine Traurigkeit. Es ist das Staunen darüber, mich im einundzwanzigsten Jahrhundert am Leben zu fühlen. Das Staunen darüber, zu sein, bis auf die Knochen zu sein, bluteinwärts, Boa Morte da Silva, sein Hund und seine Papiere. Dort heraus holt mich mein Freund Jardel, der kein Schauspieler in einem Drama ist, Retter meines Lebens und meiner Peinlichkeiten, hundertmal am Tag, hundertmal in der Stunde.

In Richtung der António Maria Cardoso verlangsamte der Mann an diesem Nachmittag seinen Schritt. Er marschierte nicht, wie es sonst seine Angewohnheit war. Die Tauben schienen tiefer und auf ihn zuzufliegen. Die Menschen auf der Straße bildeten ein Spalier, wenn er näher kam, doch der Abstand zwischen ihnen hinderte ihn nicht daran, ihre Wärme zu spüren. Einen Fuß vor den anderen setzend, blickte er ringsum und neigte den Kopf zur Seite. Noch nie waren ihm die Gardine in der Mansarde und die kleine

Wäscheleine mit den lila Strümpfen aufgefallen. Nie hatte er die vom Balkon herabhängenden Pflanzen gesehen oder bemerkt, dass es unter der blauen Farbe der Fassade noch andere Farbschichten gab, altrosa, dottergelb, olivgrün, er hatte sich für einen genauen Beobachter gehalten, doch seine Lupe war schmutzig gewesen, für einen Helden, der nach vorn schaute, aber er war nur ein Paar müder Augen. Der Himmel war ihm entgangen. Die Menschen und das Leben hinter den Fenstern der oberen Stockwerke, die auf dem Balkon frische Luft schöpfende Dame, ihre Perlenkette, das Wohnzimmer hinter dem Vorhang und der erahnte Rahmen auf der Anrichte, die Männer, die das Dach reparierten, die anderen, die die Fenster des Bürogebäudes putzten, die Brüder am Tisch im sechsten Stock, mit nacktem Oberkörper und verschlossener Seele, die glitzernden Spinnweben, die die Gebäude miteinander verbanden, mit einer Musik aus sich öffnenden und schließenden Fenstern, Laufschritten und Sprüngen, Gähnen und Händeschütteln, ehrlichem und gequältem Lächeln, im Wind wehenden Schals und aus den Taschen gefallenen Schnupftüchern, nicht dort, weiter oben, in der Höhe, der Rauch in den Schornsteinen, die altersschwachen Dachziegel und die von den Schwalben verschmutzten Traufen, der Kampf um ein Stück Brot zwischen Tauben und Möwen auf einem Dach, die beiden Turteltauben auf den Antennen des Gebäudes, die verwelkende Orchidee auf der Brüstung, die Kirchenglocken, die Hügel der Stadt und das Licht auf ihren Spitzen, die Burg über der Mouraria, die Kondensstreifen der Flugzeuge und schließlich die Wolken, bedrohlich oder Glück verheißend über seinem Kopf, ein bewegtes Aquarell, so viele Jahre auf der Straße, und er hatte kaum in den Himmel geschaut, es war das erste Mal, dass er in Lissabon spazieren ging, und es war spät, Boa Morte hatte es nicht mehr eilig.

Ich setze mich auf den Boden und denke: Boa Morte da Silva, du verfluchter Hund, du hast das einundzwanzigste Jahrhundert gesehen. Ich habe es gesehen, ich bin damit durch, letztlich ist es so: schmutzige Bürgersteige, schmutzige Hosen mit Pisseflecken, Frostbeulen an den Händen, Triefnase, eiskalte Stirn, Schnur als Gürtel. Willkommen, einundzwanzigstes Jahrhundert. Boa Morte hat schon gehabt. Guten Appetit. Vielleicht würde sich Dona Idalina um meine Beerdigung kümmern. Würde Vando anrufen, die Kinder aus dem Viertel herbeiholen, Kota Pompeu würde vielleicht für meine Seele die Trommel schlagen, Gitarre spielen. Sie würden Margeriten von unserem Stück Land auf mein Grab streuen, das Datum darauf schreiben. Aber wer würde um mich weinen? Mir wäre es lieber, in den Tejo zu stürzen. Im Wasser begraben zu sein. Mich dem Schiffsfriedhof anzuschließen.

Der Mensch lebt vor sich hin im Glauben an seine Bedeutung, in der Vorstellung, er sei reif und habe mit dem Alter gelernt, er werde seinen Enkeln etwas beibringen, ein Erbe weitergeben. Das Sprichwort besagt: Wenn ein Mensch stirbt, stirbt eine Bibliothek. Die Straße zermürbt die Reife. Hunger ist schlimmer als Motten. Was bin ich? Eine zerrissene Enzyklopädie,

die den Tag in der Kälte verbringt? Ich habe euch alle verloren, meine Enkelkinder. Die Vögel meiner Kindheit, die in den Morgenstunden meines Lebens in den Bäumen zwitscherten. Mais pickende Hühner. Der Mörser, in dem meine Mutter hinten im Dorf Maniok stampfte. Aus einem Lumpen wird kein weiser alter Mann. Der Tod ist nah. Der Plan für den nächsten Monat: All diese Papiere verbrennen und nur einen Satz schreiben, die Zusammenfassung meines Lebens. Ihn mit einem Stein in der Fassade vom São Luiz eingravieren. Meine Unterschrift hinterlassen. Boa Morte da Silva, Autoeinweiser.

Guten Tag, oder müsste es schon guten Abend heißen? Ist da jemand? Mein Name ist Boa Morte da Silva, Boa Morte da Silva, geboren in Cunene, Bürger von Lissabon, ich bin Autoeinweiser, bin im Krieg wie Sie, meine Damen und Herren. Eine so lange Reise, ihr Engel, aber erst heute bin ich angekommen. Ich wähnte mich auf der Straße, aber wie ich sehe, habe ich meinen Weg erst jetzt angetreten.

Ich habe Evale vor so langer Zeit verlassen. Als ich ankam, waren alle schon fort. Ich habe den Zug verpasst. Guten Tag, Freunde, seid ihr da? Noch auf den Beinen? Sie dort hinten, können Sie mich hören? Ihr Englein dort oben an der Decke, könnt ihr mich hören? Ich habe mir diesen Moment viele Male ausgemalt, und jetzt fehlt mir die Kraft. Was muss ich tun, um diese Bühne zu füllen, ich, der ich mich für so groß hielt? Von hier aus gesehen ist der Saal riesig und meine Stimme schwach, mein Organ kratzend wie das eines Grünschnabels, auf dieser Bühne bin ich noch immer ein kleiner Junge, ein Kandengue.

Ich weiß, Sie haben für die Eintrittskarten bezahlt, aber was soll ich Ihnen erzählen, welchen Teil meines Lebens, welche Stunde meines Tages Ihnen zeigen? Es wird nicht mehr lange dauern, und die Jungs von der Tontechnik hinter dem Vorhang werden mich wegschicken, es sind gute Leute, die mir ins Gesicht schauen, aber immer in Eile. Ich habe mich für groß gehalten, für riesig, die Beule an meinem Bauch, meine Verletzung, ich hielt sie für so groß. Ich dachte, meine Stimme würde diesen Saal, würde eure tausendundein Ohren erfüllen, ich habe davon geträumt, meinen Mund auf der Bühne zu öffnen, herauszuschreien, was ich zu sagen habe, die Bühne zum Beben zu bringen.

Ich habe mich lebendig begraben gefühlt. Die Erde hat mich in ein Loch gesteckt und zugedeckt. Auf meinen Körper sind Steine gefallen, auf die Steine Schlamm, es fiel Sand, es fiel Regen. Ich sah meinen Tod, sah mich in dem Moment sterben, als die Hand einer Freundin kam, um mich wieder auszugraben. Ihre schaufelgroße Hand hob die Erde von mir. Ich konnte sie nicht sehen, aber ich wusste, dass es ihre Hand war. Stein für Stein erlöste mich die Hand meiner Freundin vom Ersticken. Ich bin es gewesen, der gefallen ist, aber sie hat mich aufgerichtet. Es war die Hand meiner Freundin Fatinha, die ganz hier in der Nähe wohnt, in der Rua do Loreto, hier am Chiado, in der Stadt Lissabon.

Neulich, im Traum, war es ihre Hand, aber diese Hand schiebt mich voran seit Evale, seit ich aus dem Leib meiner Mutter geschlüpft bin, es ist die Hand in meinem Rücken, die mich seit meiner Geburt vorwärtsschiebt, die mir das Laufen beigebracht und mich gefüttert hat, die Hand, die meinen Durst gestillt, die mir das Hemd zugeknöpft, die mir eine Pistole in die Hand gedrückt und mir das Schießen beigebracht hat, die Hand in meinem Rücken, auf meinem Gesicht, in meinem Nacken, dieselbe Hand, mit der ich mir in Momenten der Verzweiflung an den Kopf fasse, die gesichtslose Hand, die mein Leben von einem Ende zum anderen durchmisst.

Und jetzt hält sie mir auf dem Parkplatz Münzen hin. Die Hand, von der ich in der António Maria Cardoso abgestellt wurde, hat mich nicht zu einem Denkmal gemacht, sondern zu einer Vogelscheuche. Im Traum war es die Hand von Fatinha, doch es war die Hand meiner Mutter, meiner Frau, meiner Tochter, die Hand, die mich gemacht hat.

Ich bestelle mein Feld weit weg in Prior Velho. Esse die Früchte der Erde, die mir zuteilgeworden ist. Ich habe einen Platz für mein Begräbnis gefunden. Bestelle das Stück Land, das mich ernährt. Die Erde kennt meine Hände und meinen Schweiß. Sie wartet geduldig auf meinen Leib. Sie schenkt mir das Leben, stillt meinen Hunger. Eines Tages werde ich den Hunger der Erde stillen, an dem Tag, an dem mein Feld mich verzehren wird.

Ich habe mich für einen Riesen gehalten, mich als Monster gefühlt. Der Saal macht aus meiner Stimme ein bockiges Mädchen. Ich habe in mir einen Bühnenmenschen gesehen, aber die Bühne lässt mich schrumpfen. Ich fühle mich nicht gekleidet, fühle mich zerlumpt, fühle mich winzig. Ist da jemand? Kann mich jemand hören? Gern hätte ich Sie hier auf dieser Seite, um das Leben von hier aus zu betrachten, aber die Zuschauer im Parkett haben feste Plätze. Das Parkett isst nicht im Wohnzimmer, sondern im Wirtschaftsraum, so wie ich. Hier, vor Ihren Augen, ergebe ich mich. Auf Wiedersehen, ihr freundlichen Ohren. Boa Morte geht, geht ins Bett, auch Gespenster schlafen ein.

Die kindische Idee, dir, Aurora, alles zu sagen, was ich dir noch nicht gesagt habe. Mit dieser Absicht setze ich mich an den Tisch, aber kaum setze ich den Stift auf dem Papier an, ist das, was ich dir noch nicht gesagt habe, nichts.

Der Gedanke, es zu sagen, wäre die Lösung, ist das, was meinen Vorsatz zunichtemacht. Ich habe nichts zu sagen. Ich wünschte, du würdest einen Tag lang meine

Spaziergänge mit meinen Augen sehen, würdest wissen, dass du die junge Frau warst, die im Zug neben mir saß, ohne dass ich wusste, wer du warst.

Streit unter Liebespaaren, ich zahle es ihnen und ihren Flausen heim, sie würden mein Latein ebenfalls für die Flausen eines alten Mannes halten. Streit unter Liebespaaren, für sie bedeutet er das Leben und für mich Erholung und Freude.

Schreiben ist für mich keine Lösung. Wenn du sehen könntest, was ich vom Fenster meines Ruheplatzes am Chiado aus sehe, würde das vielleicht etwas lösen. Ich würde nicht wollen, dass du einen Tag lang meine Weste trügest. Aber mit dir spazieren gehen, so wie ich diese graue Weste spazieren trage, dir zeigen, was mich erhellt, dich zu Fatinha führen, einen Abend mit mir und Tio Pompeu im Schatten des Sonnensegels verbringen.

Es gibt so viel zu sagen, zumindest zu schreiben, aber wozu eigentlich, Aurora? Nichts ersetzt die Spaziergänge, die wir nicht unternommen haben, die Trugbilder meines Lebens, die ich allein gesehen habe und von denen ich wünschte, du hättest sie an meiner Seite wahrgenommen, wir zwei Menschen Seite an Seite und doch so verschieden, einträchtig in Freundschaft verbunden auf einem Spaziergang auf der Erde, eineinhalb Stunden, und ich wäre schon zufrieden.

Der Rest sind dein Körper und mein Körper, einer

von beiden wird diese Welt vor dem anderen verlassen. Was macht es schon, dass sich niemand an mich erinnert? Ich schäme mich für diesen Wunsch, eine Inschrift von mir zu hinterlassen. Die Worte, die ich auf meinem Grab sehen möchte, sind die Millionen von Kreisen, die meine Schritte auf dem Lissabonner Pflaster geformt haben, ein Fußabdruck, eingraviert in einer geheimnisvollen Sprache, die ich selbst nicht lesen kann. Ich habe es aufgegeben, wissen zu wollen, was der Krieg eines Menschen ist, Aurora.

Nimm von mir Stein, nimm von mir Knochen, Fleisch, nimm von mir Nerven, Arme, alles Haar, Zunge, Zähne, Kopf, nimm von mir Eisen, Kalk, Sand, mein Körper ist die Baustelle am Ende der Straße, nimm von mir Erde, Mauern, Pfähle, Beine, Muskeln, Schreie, erfüll mich mit Glauben, mein Kind, nimm mir Stimme, Blut, Wasser, nimm mir Vernunft, Seele, das Loch im Sand, ich folge meinem Ohr, nimm mir Töne, die Straße, Glocken, Mühlen, Vögel, mach ein Loch in meinen Rücken, nimm mir mein Los, ich glaube, meine Schritte führen mich zum Rossio, nimm mir den Stadtplan, der Rossio ist wo?, die Koordinaten, nimm mir Flügel, Propeller, Route, woge mit mir, ich habe meinen Fußabdruck gelöscht, stürbe ich heute, ich wünschte in meinem Stein geschrieben zu sehen Hier ruht Senhor-Der-Nicht-Gewesen-Ist, hier ruht dieser Esel, Clown, Harlekin, Trampel, nimm mir Herz, Lachen, Tränen, Knöpfe, Stein, Schuhe, die

Abteilung, Kamele, Wüste, Palmen, Bäche, Aschenbecher, Zigarettenkippen, Mühlen, Wale, Laufgestell, Morgenland, Tinnitus, nimm mir Mühlen, Brunnen, nimm mir Freunde, Großvater, Großmutter, Klavier, nimm mir Noten, Haus, Wege, Blätter, Prozessionstragen, Gleise, Wochen, Wäscheleinen, begrab mich, mein Kind, neben meinem Hund, Jardel da Silva, am Straßenrand, mein Kind, begrab mich neben meinem Hund, Jardel da Silva, mein Kind, begrab mich neben meinem Hund, Jardel da Silva, mein Kind, begrab mich neben meinem Hund, Jardel da Silva.

Der Bahnhof und das Stadtzentrum lagen bereits hinter ihm. Er war auf das Herz des Verkehrs zugegangen. Die Straße öffnete sich in vier Richtungen, was ihn innehalten ließ. Boa Morte lehnte sich gegen ein Verkehrsschild. Er wusste nicht, welchen Weg er einschlagen sollte. Die beiden Fahrbahnen waren fast leer, trotz all der Fußgänger und der geöffneten Geschäfte. Sein Kopf war leer, als hätte er beim Aussteigen aus dem Zug aufgehört, Boa Morte zu sein. Er hatte zwar nicht das Gedächtnis verloren, doch das Bewusstsein für seinen Körper und sein Gewicht hatte alle Gedanken verdrängt und zu einer Melodie in seinem Inneren verschmolzen. Er umarmte den Mast, als würde dieser ihm den Weg weisen. Benommen von der Vielzahl der Möglichkeiten, stolperte er rücklings über seine eigenen Füße. Er wollte schon etwas sagen, da erst bemerkte er, dass er sich an einem Zebrastreifen befand und ein Auto angehalten hatte, um ihn hinüberzulassen. *Fatinha, erweck mich vom Tod. Lass mich von deinem Marihuana rauchen, verrat mir dein Geheimnis.*

Er überquerte die Straße. Blieb vor dem Schaufenster des Optikers stehen. Am Eingang zur evangelikalischen Kirche unterhielt sich eine Gruppe brav gekleideter Frauen.

Vor dem Einkaufszentrum aus dem vergangenen Jahrhundert plauderten Gruppen afrikanischer Männer und tranken Bier. Die Häuser waren von Feuchtigkeit verfleckt, die Wäsche auf den Leinen hatte es aufgegeben, im Wind zu wehen, die Straßenlaternen streikten, die Mülltonnen platzten aus allen Nähten, ein auf der Straße abgestellter Fernseher mit kaputtem Bildschirm zeugte von einem Streit oder einem Wutanfall, alte Männer, Überlebende einer anderen Epoche, schlugen die Zeit tot, lehnten an der Tür des Supermarktes und starrten ins Leere, vor den wenigen Verkaufsständen der Roma spielten zwei Kinder, eines barfuß. Boa Morte war dem Ufer des schmutzigen Baches gefolgt, der die Stadt in zwei Teile trennte. Er blieb stehen und schaute zurück.

Der fast ausgetrocknete Bach floss zwischen den vermoosten Felsen nur noch in einem schmalen Rinnsal dahin, schaffte es aber dennoch, einen fauligen Gestank zu verströmen. Boa Morte warf einen Blick in den offenen Abwasserkanal. Eine krepierte Gefriertruhe, Reifen, das Kopfende eines Eisenbetts, Teile eines Stromgenerators, Unkraut, gefleckte Frösche auf jedem Kieselstein. Auch dieser Bach mündet in den Tejo, dachte Boa Morte. In der Stadt auf dem Grund des Flusses strömten andere Städte und ihre Absonderungen zusammen, Fragmente des Lebens andernorts. Wenn es eine Zivilisation unter dem Tejo gab, wie Fatinha glaubte, dann bestand sie aus den Orten, an die sie beide, die sie am Chiado abgestellt worden waren, nicht gekommen waren. Die Hand, die ihn an die verpesteten Ufer des Rio Jamor gezogen hatte, war die Hand der Zeit gewesen. Er hatte sich den Nachmittag freigenommen, ohne das Gefühl zu haben, seine Verpflichtungen zu vernachlässigen. Nur auf die Stechuhr seines Magens nahm er Rücksicht.

Ein streunender Hund kam den Hang hinuntergelaufen, trank Wasser aus dem Bach und bellte Boa Morte an. Der warf ein Steinchen nach ihm, lachte laut auf und schüttelte den Kopf; dann merkte er, dass ihm kalt geworden war.

Der Leviathan aus Stahlbeton erstreckte sich hügelan. Boa Morte war ein am Straßenrand wandelnder Punkt, ein umherirrender Mann ohne Bleibe. Hunderte am Rumpf des Leviathans brennende Augen kündeten davon, dass es Januar und nach sechs Uhr nachmittags war. Die Leuchtstoffröhren in den Küchen erinnerten an Leichenhallen, das leblose Licht in den Wohnzimmern an Sakristeien, die Gestalten brachten ihr Leben hinter den Fenstern zu. *Liebe Kälte, lass meine Freundin Fatinha, die die Straße mir geschenkt hat, nicht erfrieren. Wo treibt das Mädchen sich herum? Fatinha nimmt mich mit auf den Grund des Flusses, bringt mir das Schwimmen bei, führt mich auf den Grund des Brunnens, vergiss diesen deinen Großvater nicht.*

Der Park des Viertels am Rande der alten Landstraße bestand aus durchnässtem Rasen und jungen, aber zerzausten Eichen. Gedankenlos setzte Boa Morte seinen Weg fort. Er wusste nicht, wo er war. Ein eisiger Nachmittag, windstill und ziellos; seine Füße waren noch nicht allzu kalt. Die Autobahn führte durch ein Tal zwischen zwei Hügeln, und in der Ferne, hinter einer weiteren Anhöhe, kündeten die Hausdächer von einer anderen Zeit. Die Landschaft am Fuße des Leviathans wirkte nicht wie ein jahrhundertealtes Dorf, sondern wie die Abbildung von Natur auf einem Gemälde. Nur die Art und Weise, wie die verschiedenen Epochen, die die Region gekannt hatte, aufeinander folgten, wie Türen in einem langen Flur, zeigte, dass Boa Morte an einem alten Ort angekommen war.

Auf dem offenen Feld lag das zu Weihnachten aufgestellte Zirkuszelt im Dunkeln. Aus den halb geöffneten Fenstern der Wohnwagen drangen Gespräche, trockenes Husten und das Rauschen eines Radios. Auf dem Lagerplatz standen mehrere lose überdachte Tierkäfige. Angezogen von dem Geruch nach Stroh und Fäkalien, trat Boa Morte näher. Ein schmutziges Eselspaar blickte ihn traurig an. Schlammverschmierte Hufe, durchnässtes Fell. Boa Morte streckte ihnen die Hand hin. Die Esel jenseits der Gitterstäbe reagierten nicht, schauten nicht einmal auf. Gleichgültig gegenüber dem Fremden, verscheuchten sie nur mit den Ohren die Fliegen. Nebenan leckte sich in einem dunklen Käfig ein magerer Löwe mit strähniger Mähne die Pfoten. Der Tiger in einem anderen Käfig stand auf, um ihn anzusehen, legte sich jedoch sogleich wieder hin und gähnte. Lustlos sperrte er das Maul auf und entblößte sein vergilbtes Gebiss. Boa Morte trat näher, um den Tiger besser sehen zu können; das Tier legte seinen Kopf zwischen die Tatzen wie ein besiegter kastrierter Kater. Verblichene Pfauen in einem reinigungsbedürftigen Vogelbauer. Nervöse Affen mit reglosem Blick und verhärmtem Fell. Das Dromedar mit den verklebten Wimpern versuchte, die Lider zu schließen, aber vergeblich. Eine weiße Stute mit den traurigsten blauen Augen, die er je gesehen hatte. Boa Morte streichelte ihre Mähne. »Bring mich von hier fort.« Es war Fatinhas Gesichtsausdruck, den er sah, sie saßen zusammen im Loch.

Aber selbst mit der Hand auf dem Tier, selbst Haut an Haut, als er unter seinen Fingern spürte, wie es lebte, fühlte Boa Morte sich weiter davon entfernt, es retten zu können, als seien sie an unterschiedlichen Ufern eines Ozeans. *Zu wissen, dass ich das Blut meines Blutes nicht kenne, dass ich mich selbst nicht kenne, zerschneidet mich inwendig, Aurora. Mein Blut ist dein Weg, mein Blut ist ein anderes. Früher hat mich der Umstand, nicht zu wissen, wer du bist, daran gehindert, mein Leben zu führen. Ich habe begriffen, dass mein Blut ein anderes ist. Du hast deinen Weg, und zu wissen, dass du ihn hast, macht mich zum Herren meines Weges. Ich werde allein sterben, und auch du wirst mit dir sterben. Ich habe heute gelernt, dass wir Aurora und*

Boa Morte sind, zwei verschiedene Existenzen. Du bist in das Leben gekommen, das ich dir geschenkt habe, so wie ich in meines gekommen bin, jeder von uns hat seine eigene Bestimmung.

Hühner, Schweine, Hunde und eine Ente spazierten frei zwischen den Wohnwagen herum. Die lustige Familie waren die lebhaftesten Tiere im Zirkus. Ein junges Pärchen turtelte am Eingang zum Zelt miteinander, sie geschminkt, mit falschen Wimpern und Glitzer im Gesicht, er in einem Affenkostüm. »Das Tier in deinem Vater ist heute in einen Käfig gesperrt.« Er konnte sich daran erinnern, diese Worte an Aurora geschrieben zu haben. Aber konnte er wissen, in welchem Vorort der Käfig stand, in dem die Hyäne, die sein Leben zerstört hatte, von ihm eingesperrt worden war? Hatte er den Schlüssel für das Käfigschloss, oder war der Schlüssel auf den Grund des Brunnens gefallen? In welchem Dorf, hinter welchem freudlosen Hügel mochte die Hyäne auf ihre Nummer in einem Clownzirkus warten, um Enkel und Großeltern gegen eine Eintrittskarte zu unterhalten, fern der Wildnis, in der sie geboren worden war, zu deren Ursprung selbst die wilden Tiere ihn nicht trugen, da er in ihnen keine Tiere, sondern Masken im Garten seiner Ängste sah?

Ohne nachzudenken, ging er weiter. Nicht die Neugierde trieb ihn an, sondern die Müdigkeit. Er hatte seit Langem keine Nacht mehr durchgeschlafen. Was würde am Ende des Schlafes sein, auf der anderen Seite des Schlafes? Nun, da er vor sich hin ging, führte ihn die Landschaft zu seinem Stapel Papiere. Die Dinge erschienen ihm in Form von Worten, auch wenn er nicht vorhatte, über sie zu schreiben, und obwohl sie, wenn er es versuchte, hinter dem zurückblieben, was er gesehen hatte. Hinter dem Hügel, vor der Häuserreihe am Horizont, Fabriken und Lagerschuppen. Zu seinen Füßen Plastik, zerbrochene Flaschen, so wie am Ufer des toten Flusses. *Mein Jardel, mein Schutzengel, mein Gesandter des Himmels. Mein Freund Vando, Erbe meines Vermächtnisses, der Freund, den das Bestellen der Erde mir geschenkt hat.*

Seit die Hand ihn aus dem Zug geholt hatte, zog sie ihn am Arm, führte ihn, obwohl er zum Schlafwandler geworden war und der Anblick ihm wie ein Traum vorkam. Boa Morte war nicht aus der Eisenbahn gestiegen, weil er meinte, dass in Barcarena, wo er noch nie gewesen war, irgendetwas auf ihn wartete.

Als die Stadt und das Gittergeflecht aus Hochhäusern hinter ihm lagen, stieg der Ort auf der anderen Seite des Hügels immer näher empor. Von fern sah er aus wie ein Ort, an dem man von jemandem erwartet wird, den man kennt. Sich kurz vor einem Ziel wähnend, schlug Boa Morte den Weg in die Stadt ein, in Richtung Bahnhof. *Aurora, meine Tochter, ich hoffe nur, dass du, wo auch immer du bist, ein besserer Mensch bist, als dein Vater es gewesen ist, dass mein Makel dich nicht befleckt, dass ich dich nicht beschmutzt habe, dass mein*

Schmerz dich nie findet. Er war an einem Kapitel seiner Geschichte angelangt, an dem sich am Leben, bei mäßiger Gesundheit und versorgt zu wissen kein Verdienst oder eine Frage der Gerechtigkeit waren, sondern Umstände, auf die er keinen Einfluss hatte. Wenn ihm nur kein weiterer Zahn herausfiele, Dona Idalina ihm eine Nadel liehe, um das Loch in seinen Strümpfen zu stopfen, wenn er in der Lage wäre, seine Füße zu wärmen und Jardel zu füttern, wenn Fatinha nicht abermals verschwände und der Frost nicht die Ernte ruinierte. In der Ferne kam ihm ein altes Ehepaar entgegen, was ihn aus seiner Erstarrung weckte. Es waren Papiersammler, und ihre Ausbeute lag in einem Einkaufswagen. Klein und ausgezehrt, trugen sie Handschuhe, Mützen und lange Mäntel. Sie hielten sich bei den Händen. »Guten Tag, mein Freund«, sagte der Mann, als sie an ihm vorbeigingen, die Frau lächelte. Boa Morte sah das Liebespaar vom Rand der Schnellstraße aus an und war nicht imstande, ihnen zu antworten. *Der Schmerz eines Vaters sucht das Herz seiner Tochter bis ans Ende der Welt. Ich werde dich vor meinem Schmerz bewahren, meine Aurora. Werde meinen Schmerz blind machen, damit er dein Herz nicht findet. Möge mein Schmerz niemals deinen Weg finden, Aurora. Möge mein Schmerz dich niemals finden.*

Sprich mit mir, Fatinha.« Sie servierte ihren Gästen den Tee. »Ich bin beschäftigt, mein Prinz.« Es war niemand da. Fatinha hatte die Kartons um die Bank an der Haltestelle drapiert, damit sie sitzen konnten. »Sprechen Sie bitte nicht so laut, ich habe heute Besuch.« Boa Morte wusste nicht, ob sie jemals ein Zuhause gehabt hatte. Die Arme und die großen Hände der Frau tanzten. Sie stand auf Zehenspitzen. Flüsterte mit den Gästen, unterhielt sie, ohne auf ihren Freund zu achten. Sie fuhr sich mit der Hand durchs Haar und ans Kinn, verzog die Lippen zu einem Schmollmund, hörte ihnen zu, interessierte sich für was sie sagten.

Nie wieder hatte irgendjemand an der Haltestelle auf die Straßenbahn gewartet. Die Leute wechselten die Straßenseite, manche beschimpften sie. Sie standen lieber im Regen, als ihr nahe zu kommen. Von Zeit zu Zeit nahmen die Leute von der Stadtverwaltung alles mit, und Fatinha begann am nächsten Tag, ihr Obdach von Grund auf neu zu bauen, ohne sich an das zu erinnern, was mitgenommen worden war, wie jemand, der die Seite des Buches vergisst, die er am Abend zuvor gelesen hat.

Wenn Fatinha Besuch hatte, machte Boa Morte auf dem Absatz kehrt und ging zurück in die António

Maria Cardoso. Sie waren nur ein paar Straßen voneinander entfernt, aber wenn Fatinha entfloh und ihr Theater aufbaute, brauchte er Abstand. Er suchte Zuflucht auf dem Parkplatz, wo sie ihn nicht besuchte. Die Fassade des São Luiz, das Pflaster, das er kannte, das Stück Fluss jenseits der Mauer am Ende der Straße waren die Schultern, die ihm Halt gaben. Zwei Straßenbahnhaltestellen weiter weinte Boa Morte um seine Tochter, sein Schicksal, sein Leben.

»Fatinha, sprich mit mir.« Sie schwieg weiter und kniff die Augen zusammen. Es ermüdete Boa Morte, seine eigene Stimme zu vernehmen, die ihn daran hinderte, die Stimme Fatinhas zu hören. Sie scherzten miteinander, redeten über den Hunger und die Kälte, doch nie ließ Fatinha ihn das Glas in ihren Augen zerbrechen. Bei Wind und Wetter im Freien schlafend, den Blicken der Passanten ausgesetzt, konnte jeder sie sehen, ihren Körper eines Tenors, ihren unbeholfenen Gang, ihren verständigen Gesichtsausdruck, wenn sie ihre erfundene Küche aufräumte, immer zu spät, um das Abendessen aufzutischen, eingestellt auf eine andere Zeit, nach einer anderen Uhr, ihre neugierigen Augen, kindlich und uralt zugleich, ihre singende Stimme, ihr Gebrüll. Der Freund sah sie und sah nichts. »Sprich mit mir, Fatinha. Du kannst Senhor Boa Morte vertrauen.« Plötzlich verstummte sie und vergrub das Gesicht in ihrem alten Pullover:

»Sie würden es nicht verstehen, Senhor Boa Morte. Deshalb werde ich es Ihnen auch nicht sagen. Mir ist sehr kalt. Wäre das nicht schön, Senhor Boa Morte? Eine Freundin zu finden, die wie ich zwanzig Jahre alt wäre, eine Freundin, die sich nicht vor mir ekelte, der ich solche Frisuren machen könnte wie Mariana mir, sie hat mich immer gekämmt. Wir beide sind immer ins Kino gegangen. Haben über alles geredet. Eine Freundin fürs Leben, Senhor Boa Morte, zwei zwanzigjährige junge Frauen, das wäre mein Traum.« Mit geschlossenen Augen, noch entrückter als zuvor, schien es dem alten Mann, als hätte die Stimme ihren Mund nicht verlassen, als wäre Fatinha nicht ein Mensch neben ihm, sondern ein Bild in seinem Kopf, ein Gespenst zu Besuch bei einem anderen Gespenst, die Ewigkeit in Menschengestalt.

Die Fragen, die Bitten, die Besorgnis des Freundes halfen nicht. Ihre Morgenröte war nur von kurzer Dauer. Fatinha entschwand. In jenen Jahren kam es nur Boa Morte in den Sinn, von ihr in ihrem Haus empfangen zu werden und sie zu fragen, wer sie sei, vielleicht weil nie irgendjemand ihn gefragt hatte, ein Manko, dessentwegen er eigensinnig darauf bestand, einem Publikum, das er nie gefunden hatte, von sich zu erzählen.

»Sprich mit mir, Fatinha.« Sie hatte die Haltestelle der 28 gewählt, um auf jemanden, auf etwas, zu warten. Für sie, die Inkarnation des Wartens, gab es weder ein Ziel noch einen Wagen, der sie zu diesem Jemand bringen würde, und auch keine Zeit, zu der er kommen würde. Der, auf den sie wartete, kam nicht, und sie hatte nie die Absicht angedeutet, die Straßenbahn besteigen zu wollen. »Fatinha, ich würde dir gerne diese Zeitung schenken, die ich geschrieben habe. Die Nachrichten sind so alt wie ich, aber was soll man machen?« Boa Morte wusste, dass Fatinha zu fern war, um ihn zu verstehen. Ohne ihn wiederzuerkennen, streckte sie die Hand aus, nahm den Stapel Papiere und legte ihn auf die Bank an der Haltestelle. »Gib mir deine Hand, Prinzessin.« Boa Morte umfasste das Handgelenk der Frau und legte ihr das Armband an, das er für seine Tochter gekauft hatte. Fatinhas Augen blickten auf die eigene Hand, als wollten sie ihr eine Frage stellen. Sie bewegte ihre Lippen, sagte dann aber nichts. Boa Morte verabschiedete sich: »Wir sehen uns später.« Fatinha antwortete nicht mehr.

Er ging die Straße hinunter in Richtung Unterstadt. *Ich werde meinen Schmerz blind machen, mein Kind, werde deinen Weg vergessen, falls Fatinha mich liest und sich von mir abwendet, ich werde meinen Krieg blind machen, damit mein Krieg dich nicht findet.* Der Wind hatte die Papiere fortgeweht. Die Blätter lagen auf der Straße verstreut, von Passanten zertrampelt, von Autos überfahren. Das Foto, das Vando seinem Freund geschenkt hatte, war in eine Pfütze gefallen.

»Sprich mit mir, Fatinha«, wiederholte der Mann im Stillen, »sprich mit mir, meine Freundin.« *Ich werde meinen Schmerz blind machen, damit mein Schmerz dich nicht findet, damit du jemand bist.* Boa Morte ging in die Metro-Station hinein und verschwand in der Menschenmenge.

Djaimilia Pereira de Almeida im Unionsverlag

Im Auge der Pflanzen
Den Kindern hält man die Augen zu, wenn der alte Kapitän Celestino vorbeigeht. Seine Seele soll er verkauft haben, und des Nachts tanze er mit dem Teufel. Geschichten von Grausamkeit ranken durch das Dorf, kriechen bis an die blinden Fenster von Celestinos Haus. Während die Dörfler urteilen und der Pfarrer den Kapitän zur Beichte drängt, weiß nur Celestino selbst um seine wahren Untaten. Der verwilderte Garten wird ihm zum einzigen Vertrauten. Celestino treibt Pilze, Wurzeln und Schlingen zurück, tränkt den Boden mit Wasser und Hingabe, zieht nach Fantasie duftende Nelken, bis das Leben unter seinen Händen zurückkehrt. Doch die Bilder in seinem Kopf vermögen die Blüten nicht zu verdecken. In leuchtenden Farben zeichnet Almeida eine von Schuld und Erinnerung umgetriebene Gestalt.

»Almeidas Roman ist ein literarisches Kleinod, das es schafft, die so verschiedenen Seiten eines Menschen auszuleuchten und gleichzeitig dessen schleichenden Verfall zu schildern. Man kann *Im Auge der Pflanzen* als einen Roman über portugiesische Geschichte lesen, aber auch als eine wunderbar poetische Auseinandersetzung mit der Vergänglichkeit. Almeidas Roman begreift sie als Rückkehr in eine gleichgültige, alles verschlingende Natur von unvergleichlicher Schönheit.« *SWR*

Mehr über Autorin und Werk auf *www.unionsverlag.com*